格致文库

吃的品味

王祥夫 著

山西出版传媒集团
北岳文艺出版社
BEIYUE LITERATURE & ART PUBLISHING HOUSE
·太原·

图书在版编目（CIP）数据

吃的品味 / 王祥夫著 . — 太原：北岳文艺出版社，
2019.1
（格致文库）
ISBN 978-7-5378-5741-3

Ⅰ . ①吃… Ⅱ . ①王… Ⅲ . ①散文集－中国－当代
Ⅳ . ① I267

中国版本图书馆 CIP 数据核字（2018）第 250053 号

书　　名：吃的品味
著　　者：王祥夫
责任编辑：关志英
书籍设计：鸿儒文轩·书心瞬意

————

出版发行：山西出版传媒集团·北岳文艺出版社
地　　址：山西省太原市并州南路 57 号
邮　　编：030012
电　　话：0351-5628696（发行部）
　　　　　0351-5628688（总编室）
网　　址：http://www.bywy.com
E－mail：bywycbs@163.com
经 销 商：新华书店
印刷装订：北京中华儿女印刷厂

————

开　　本：787mm×1092mm　　1/32
字　　数：110 千字
印　　张：7.375
版　　次：2019 年 3 月第 2 版
印　　次：2019 年 3 月北京第 1 次印刷
书　　号：ISBN 978-7-5378-5741-3
定　　价：45.00 元

水，活活地流着

——从《祥夫言事》说起

卫洪平

五年前我刚来大同，见《大同日报》"云冈"副刊有个专栏《祥夫言事》，读了《从画说到肥皂》，旁批："祥夫此文让我想到张岱，散散漫漫，随手写着，一种气息弥散开来。"

不久张焯介绍认识了王祥夫，且熟稔起来，读到他更多的新书、旧著。《祥夫言事》专栏也一路读下来，大约已逾两百篇矣。怎么说呢，借用汪曾祺写河南林县红旗渠的话，就是："水在山腰的石渠中活活地流着！"

王祥夫推崇的人不多，汪曾祺是一个。他和汪先生有些像，都以短篇小说见长，都擅长文人画，画的名气也都不小。还有，都喜欢写散文随笔。汪先生写紫薇："根本分不清它是几瓣，只是碎碎叨叨的一球。"王祥夫写瓜子："倭瓜子不像葵花子那么碎叨，最碎碎叨叨的是那种黑色的小葵花子。"汪

1

先生在张家口沽源下放过，王祥夫长年在大同，"碎碎叨叨"大概是坝上和塞上一带民间的口语吧。俩人散文随笔的语言、格调，都碎碎叨叨的，但又各是各。如果说汪先生是三秋树，王祥夫就是三棱镜：里面有二月花，有三秋树，也有六月雪。

王祥夫平时爱看新闻，一次动了气，将一杯茶水泼到电视屏幕上，但过后还是要看。他说："多少年来，我心里有很多的愤怒，只是这几年，愤怒好像慢慢慢慢消淡了许多，而忧郁却像是多了起来。"他崇敬鲁迅，半月前云冈石窟研究院和北京鲁迅博物馆为纪念鲁迅诞辰一百三十五周年暨逝世八十周年，在云冈美术馆举办"朝花夕拾——鲁迅的美术世界"展览，我们一起参加开展仪式，他在致辞中郑重地讲："鲁迅先生……在我的心里始终是一座山。""鲁迅先生即使不完美，在中国文学史上依然是一座不可逾越的高峰。"熟悉王祥夫创作的人，知道他常用小说承载愤怒和忧郁，在散文随笔里，那些愤怒的、忧郁的碎片，会使舒缓的笔调峻急、凝重起来。金宇澄说王祥夫小说里有一种"积压在温情背后的寒风"，我看散文随笔里也有。《避雨读画》本意是以画家的眼光，谈中国古典人物画中主要人物与次要人物大小悬殊的问题，却一再提到在高速路上亲身经历的一件添堵的事，感叹"时间过去了几千年，什么大，什么小，到今日还真让人不好说"。只是感叹，没有讽刺。王祥夫笔下多感叹，少诙谐，无讽刺。读《乡村画匠》让我想起小时候家里炕上铺的一块油布，墨绿的底子上开着几朵乡村画匠画的大红牡丹，母亲总是把油布擦得明光锃亮，满屋子喜气。作家忧郁的情绪在我心中激起涟漪："美的时日竟是这样哗哗哗哗水样地流走！"几天前看吴天明导演的《百鸟朝凤》，影片演绎的也是这种无法排解的忧郁。读《井下骡子》我心里堵得慌，作家悲悯的心，显然被那匹在小煤窑斜井下拉煤、极度困乏、极度痛苦的骡子刺得很痛很痛，忘情地一遍遍呻吟着："可怜的骡子！"

　　古人写庙堂，写江湖，也写家常。归有光、张岱都是写家常的高手，后者更是了得。王祥夫对柴米油盐兴味很浓，爱写家常，文字里有道也有禅。在他看来，"家常之所以好，是有人性人心在里边"。有一年他去湖南好长时间才回来，母亲高兴极了，炒了菜又问他，喝酒吗？他说喝，母亲忙给他倒酒，才喝三杯，母亲便说喝酒不好要少喝，他放下杯子，母亲笑了，说离家这么久就再喝点儿……母亲"又怕儿子喝，又想儿子喝"，我含着泪笑着读完，这个细节怎么也忘不了了！他还写过母亲的假牙、母亲的吊兰、母亲蒸的馒头、母亲做的春饼。《画芍药记》里提到父亲："芍药开花的时候家大人会搬一把藤椅坐在芍药那里喝茶，既然时已入夏，父亲穿一条淡米色派力士裤子，上边是白府绸衬衫，人坐在那里真是爽然好看。"一处闲笔，使这位在日本长到十八岁才回来，二十世纪五六十年代经常穿着棕色皮夹克、挂着望远镜、背着双筒猎枪去打猎，又爱在家里做枯山水的"家大人"灵光一闪。

王祥夫笔下的家常，很博也很杂，学、识、才、情、趣味，糅合在一起。生活中许多名物，人们只是见过、吃过、听过、玩过，知其一，哪知其二其三。王祥夫好厉害，知之多，察之也详，写过：桃、樱桃、杏子、蓖麻、黑鱼、虾、螺蛳、田鸡、灶鸡、酒、酱、黍、黄米、山药、冬瓜、藕、毛豆、豆腐、玉米、荞麦、高粱、荠菜、宁武蘑菇、麻花、角黍、茄盒儿、浆水面、羊杂割、南北油茶、咸菜慈姑汤，还有梧桐、棕榈、菖蒲、沙棘、竹器、红湘妃、六道木、铁如意、手风琴、吉他、荷花、牡丹、丁香、山茶、芍药、天竺葵、眼镜、伞、香、香道、胭脂、梅瓶、山子、拔步床、竹夫人、骆驼、蛤蟆、蝼蛄、蜣螂、知了、蝈蝈、麻雀、猫、红蜻蜓、砗磲、紫藤、猪鬃、酒瓶、甩子（拂尘）、砚瓦、毛笔、玉臂搁、琉璃咯嘣儿……

　　琉璃咯嘣儿晋南叫"圪棒棒"，我小时候也吹过，前年去古城一家民俗博物馆，见到大同生产这种玩具的老照片，感到亲切。读了《玻璃乐器》引用的《波斯工艺美术史》上"以玻璃做吹器也"，才知道这种玩具的制作工艺，早在公元四五世纪就从波斯传到东方大都会北魏平城了，一时思接千载！王祥夫喜欢香，写作时会烧一点点沉香屑，文士的优雅，民间的情怀，缭绕笔端。我佩服他说的"民间香道"：夏天的"晚上，点一根艾草，既熏蚊子又闻香，我以为这便也是香道，民间的香道"。他还从原生态琥珀里边"无限的不可知"，悟出短篇小

4

说写作的妙谛。

和汪曾祺一样，王祥夫也喜欢谈吃。爱读《随园食单》《知堂谈吃》《学人谈吃》，在他眼里，《随园食单》比《随园诗话》还要好。谈吃的文章，有长篇散文《食小札》，随笔集《四方五味：中国民间饮食文化散记》，新出版的《青梅 香椿 韭菜花》有不少也是谈吃的。我和几个朋友还品尝过他烧的一道新鲜的马兰头，那是南方一位朋友给他快递的。

在谈吃谈玩的文字里，王祥夫常会写到风俗，有世道人心在里面，社会学、民俗学研究者会感兴趣。他又好收藏，赏玩藏品的时候留意古代风俗。他有一只四个银管绞成的辽代银镯，"霸悍好看"，千年前一位年轻的将军戴着它战死沙场。王祥夫买下后请金店的朋友用吹灯打理，结果吃了一惊：细细的银管里，居然塞着手抄的祈求平安的《心经》！于是他写了一篇包罗恣肆的《辽代银镯记》。他还在收藏的古镜上发现，"五月端午，这一天在古时是做镜子的时间，要用江心水，许多古镜上都有'五月五日江心水做照子'字样"。

王祥夫是一位博物家，爱玩儿，也会玩儿。那么多的名物到了他那儿，入眼、入手、入脑、入心，有些还能入画，他的画蔬果草虫居多，玉米、谷子、蜻蜓、蚂蚱……题款也有意思，画白菜、菌子，喜欢题"山民清馔"，而不是"君子清白"之类。他偶尔题在画上的文字也是有趣的随笔。

要说王祥夫最喜欢的，我看还是梅花。他十三岁跟着父亲的朋友朱可梅学画金农的梅花，十四五岁读周瘦鹃《盆栽趣味》便喜欢上那里面一盆宋梅，五六十岁推崇"文学老梅"台静农画的梅花和《龙坡杂文》。梅花，数十年间他画了多少，写了多少，真不好说。仅文章标题带"梅"字的就有，《友梅》《说梅花》《纸上的梅》《另一种梅》《〈腊梅珍禽图〉的细节》。难怪他对宋代那位"霸"梅为妻的林处士，表示过不满。年年春节，他家的对联都是："春随芳草千年绿，人与梅花一样清。"他说做人要像梅花一样，"一点一点从苦寒里开出那最好的花"，又说"艺术"二字要从眼上过，再从心上来，做人做事也如此。

王祥夫不爱往热闹的地方去，常年在黍庵，做阳台农民，读书、写作、画画、品玩，一日不作，一日不食。南北几家报刊给他开着散文随笔专栏。他的文字都从心上来，从广阔的大地来，从深厚的传统来，平常中有诗意，散漫中有节律，一篇一篇，像挂在山腰的石渠中的水，活活地流着……

二〇一六年端午节写，六月三十日夜改定

6

目录
一

1

第一辑　城墙植物

高田种荞麦

我怕出差，出差就闹失眠，问题出在枕头上。

我从小枕惯了荞麦皮枕头，宾馆里的枕头我枕不惯，太软，一枕上去，脑袋就陷下去，翻过来翻过去，翻过去翻过来，天就亮了。那是枕头吗？那简直不是枕头！我总是想在出差的时候带一个荞麦皮枕头，但鼓鼓囊囊太不方便。荞麦皮枕头好，蓬松的程度简直是恰好，又不会给压死，像芦花枕头给压成一个死片子，得用棍子去一遍一遍地打，直到把它再次打松。在北方，没见过有人在那里用一根棍子敲打枕头。这就是荞麦皮的好处。绿豆和茶叶也可以做枕头，但都没荞麦皮的枕头好。绿豆做枕头容易长虫子，而且还太硬，谁喜欢硬邦邦的枕头？茶叶枕头不经枕，枕一两年里边的茶叶就都成了碎末子。最不可理解的是古人的瓷枕，那能枕吗？怎么枕？脑袋硬还是枕头硬？诸枕之中，我以为还是荞麦皮枕头好。

南方种荞麦吗？我常常问自己。去南方的时候，如果季节对，我常常会从车窗里望出去，希望看到地里的荞麦，我知道荞麦不仅仅是北方的农作物，南方应该也可以种，日本面馆里的荞麦面就是实证，日本都可以种，我们的南方各省当然更可以种。一般来说，在北方，只有在别的农作物都出了问题无法补种的情况下，人们才想起要种荞麦，而且是多种在平缓的山地里。荞麦的生长期很短，生命是短促的，但开起花来却真是有气势。那年我与朋友去扎西木伦草原，正值荞麦开花季节，好家伙，满山坡粉粉白白，像下了一场春雪，但分明又不是雪，白之中泛着娇气的淡粉色。这时候，荞麦也快成熟了，泛白了，白之中闪烁着丝绸般的光泽。我让车停下，我要下去看看荞麦。民歌有云：三十三颗荞麦九十九道棱。这对孩子们而言简直是一道眼花缭乱的数学题。荞麦花说不上好看，白白的，泛一点粉，杆子倒有几分画意，像海棠的杆子，节与节之间有一丝红，微妙而好看。荞麦花的动人之处是它的浩大，这个山坡到那个山坡，那个山坡又到更远的山坡，都是荞麦花。好看不好看？好看！古歌谣里有一首是：高田种小麦，终久不成穗。男儿在他乡，焉得不憔悴。站在荞麦地边，我想起了这首古歌谣，心里颇感惆怅。

荞麦不是我们中国人的常备粮食，好像只配偶尔吃一两次。荞麦面和荞麦抓饼颜色都灰灰的，尤其是抓饼，面要和得很稀，几乎像是在那里摊煎饼，吃得时候要抹一些稀酱，最好还要一些切得很碎的葱花儿，奢侈一点的可以再放一个炒鸡蛋，是乡村的饮食风格，农耕时代的遗存。有一种食品从名字上看就很怪：灌肠。是肠子吗？不是，北京的煎灌肠，要一盘上来，一片一片的，灰灰的，要蘸着那一小碗蒜汁吃，味道说不上好也说不上坏，有一点点嚼头，其实就是荞麦面做的。太原的炒灌肠也是这么个内容。饮食文化十分深奥，比如"稍麦"，模样像包子的那种食品，谁也说不出那两个字该怎么写，又是什么意思。"稍麦"二字，难以考证，有人说是蒙古语，是"刷子把儿"的意思，考之再三，不得要领。

荞麦不是人们的主要食物，而荞麦皮却是人们夜夜难离的，因为睡觉离不开枕头。现在买荞麦皮几乎都成了问题，去什么地方买？一般的村子里没有，只好去山区。我至今都没看到过村民是怎样收拾荞麦。是用碌碡压，还是打稻打谷一样打？看日本散文，谷崎润一郎说村民们的房屋的檐下晾着一把儿一把儿的荞麦。我当时觉着是不是译者出错？那房檐下是不是晾着压好的荞麦面条儿？但后来又看到另一个译本，也明明白白写着晾的是荞麦，一把一把的晾在那里。

荞麦的品种里有一种苦荞，据说是治糖尿病的好食品。晋北的灵丘出苦荞，这种苦荞，吃的时候事先都做成一个又一个灰不溜秋的小坨儿，还配有葱花和蒜汁的浇头。邓云乡先生是灵丘人，对吃苦荞记写甚详。年初我去探望冯其庸先生，他也说到吃苦荞，并且说上海北京都有出产。但我个人是不喜欢吃荞麦面的，也不愿看到它成为大众食品。

说到枕头，我离不开"三十三颗荞麦九十九道棱"的荞麦。

美丽的高粱

中国人的风俗，一年要给先人扫两次墓。一次是清明，刚刚经过了漫长的冬天，野地里的草青了，但花还没有开。另一次是立秋，各种果实都陆续登场了，这一次扫墓好像是一种对先人的汇报，汇报一下今年的收获如何，到时候可以把各种新鲜的果实都带到墓地去，让地下的先人知道儿孙后辈的辛劳。这是农耕时代给人们留下的风俗。这一次扫墓，照例是要在墓地就餐的，把带去的东西在墓地里享用完，这是和地下的先人一起享用。之后，必有的一个节目就是从庄稼地里拔一棵高粱插在先人的坟头上。南方不知道有没有这种风俗，而北方却年年这样进行着。坟头插高粱，是希望后人出人头地。"高粱"二字分开解释一下，是这么个意思。

高粱是五谷里最高的一谷。我去河北，看到那边的黏米高粱，黏米高粱的穗子可以用披头散发来形容。穗头大，但松散，在风里，很有风致，一摇一摇，有一种说不出的柔美。更重要的是这种高粱长得高，可以有一人半高，人钻到这样的高粱地里就像一个猛子扎到了水里，所以人们又把高粱地叫作"青纱帐"。而晋北的高粱则没这样高，高粱穗子也没那么大，却小而紧凑。人们习惯用黏米高粱的穗子做扫帚，扫地的那种，而晋北的小穗高粱的穗子却只可以做打腌菜缸的刷子。三个或四个穗子，打去了高粱米，扎在一起，用来打腌菜缸。高粱秆儿的用处就更大，用碌碡压扁了，去了芯，只留皮子，用来编满炕铺的席子，新编的席子味道很好闻，颜色亦好，高粱秆上有红红的花纹。高粱秆儿皮子还可以编圆圆的席箔，一是可以用来盖东西，二是过年的时候可以用来排饺子，包好的饺子一个一个转着圈儿放在上边是年的味道。高粱秆儿可以做许多东西，甚至可以做玩具，做一辆小车，做一个小房子，做蝈蝈笼子，做鸟笼子，都很好看，我会用高粱秆做灯笼，选一根长高粱秆儿，把皮子一丝一丝剥开，却要一头连着，然后把一丝一丝的高粱皮子再扎到高粱秆儿的芯子上，一个小灯笼就成了。现在种高粱的地方少了，许多孩子都不认识高粱，自然也不会有用高粱秆做玩具的乐趣。小时候，六七月的时候，我们常常跑到高粱地里去找高粱的"莓苔"吃。高粱得了一种病，结出的穗子便是一个黑黑的棍儿——莓苔。到高粱地里去，摘一把，一边剥一边吃，像是在吃水果。

高粱是一种古老的植物，北魏丹阳王墓里的画像砖就以高粱为纹饰，让人看着亲切。《齐民要术》上记载着高粱的种植方法。高粱是做酒的主要原料，小时候，常见父亲喝高粱酒，酒瓶上的商标上就画着两株交叉的高粱。我想不起自己是否喝过纯正的高粱酒，也不知道现在的乡下是否还有酒坊在那里做高粱酒。但有一点，《大红灯笼高高挂》这部电影里的高粱酒是在那里胡说八道，谁见过红红的高粱酒？那只是艺术的想象。高粱酒好喝不好喝？不知道现在想上街去买瓶高粱酒是不是一件容易事。但高粱米和高粱面还是到处可见的。高粱米好吃不好吃？说句对高粱不恭敬的话：不好吃！怎么也比不上一白一黄的大小二米。高粱面好吃不好吃？再说一句对高粱不恭敬的话：不好吃！高粱面蒸的饽饽，是一个死硬死硬的团子，亮晶晶而硬邦邦，让我望而生畏，我永远不要吃它。据说高粱面可以加工到和白面一样细白，但我还是不能领受。小时候，我吃了太多的高粱米和高粱面。

但高粱依然是美丽的，可以说是挺拔秀丽，秋天高粱晒米的时候，穗头深红，可以用浓胭脂打比方。秋天站在山上往山下望，下边的庄稼地是一片黄、一片红、一片白，黄的是谷子，白的是莜麦，红的就是高粱。说实话，高粱不应该是人类的粮食，但却是牛骡驴马的细粮，现在的"遍地的大豆高粱"是给谁种的？主要是给牛骡驴马，人们现在很少吃高粱。

虽然人类现在很少吃高粱食品，但不妨碍它依然是五谷中最美丽的植物。

高粱美丽吗？谁能说它不美丽！

百菜不如白菜

各种的菜里，白菜让我最感亲切。

我小的时候，每当家里开始大批大批把大白菜买回来的时候，我就知道，冬天要来了。那些年，几乎是年年如此，父亲请人用手推车把大白菜运回家里，先是放在外边晾一晾，然后才把它们放到小仓房里去，我家的小仓房在正房南边，快到冬天的时候里边就总是码满了白菜，当然大白菜最好是下到窖里去，但我们只有小仓房。大白菜放到小仓房里，到了天气最冷的时候上边还要苫好几层草袋子，这样的白菜一般要吃到第二年春天。整个冬天，家里人总是要到四壁皆是白霜的小仓房里去翻大白菜，把下边的倒到上边，再把上边的倒到下边，让它们的叶子既不能太干，又不能烂掉。冬天的日子里，饭桌上几乎天天都是白菜，土豆白菜，萝卜白菜，海带白菜，有时候是豆腐白菜。母亲有时候会用白如玉的大白菜帮子给我们来个"醋熘辣子白"。父亲喜欢用白菜心和海蜇皮拌了吃，白菜和海蜇皮都切极细的丝，白菜丝用盐抓过，海蜇丝用开水一焯，二者相拌，味道极清鲜，一盘这样的菜，就着二两二锅头，简直就是我父亲的日课！春天来的时候，母亲会把抽了花梃的白菜心放在水仙盆里用水养，白菜花娇黄好看，都说红颜色喜庆，殊不知白菜花的黄颜色也喜庆！

白石老人喜欢画白菜，且喜欢题"咬得菜根，百事做得"。而我最喜欢他在白菜旁边题"清白家风！"白石老人画的不是那种紧紧包住的"北京大白菜"，而是叶子散开的"青麻叶"。"北京大白菜"做醋熘白菜要比别的白菜好，吃涮羊肉也离不开它，吃菜包子就更离不开它，它的每片叶子恰好都像一只小碗，正好让人可以把馅儿放在里边，但这种白菜不好入画，圆滚滚的。而青麻叶不但入画还特别好吃，以青麻叶做菜泥，软烂不可比方。腌东北酸菜也是用青麻叶，外边的叶子打掉，整棵大白菜一劈为二，在开水锅里拉一下，然后就码到缸里去，不用放多少盐，东北的气温可以既让它慢慢变酸又让它保持其脆劲。这样的酸菜也只能在东北才能吃到，要说做酸菜白肉，四川的泡菜不是那个味儿，韩国泡菜更不是那个味儿，东北酸菜好在本色，脆、嫩、白！吃酸菜白肉，最好是冬天，夏天不是吃东北酸菜的时候！说到吃，不单单水果是季节性的，酸菜也是季节性的。要吃四川泡菜，我以为最好是夏天，冬天吃四川泡菜，也不大对路！

冬天快要到来的时候，也是晒干菜的时候，把小棵的白菜一劈四瓣挂在那里晒干，说是晒，其实是阴干，要是晒，一过头就黄了。干白菜炖豆腐别是一个味儿，干白菜和鲜白菜一道煮，又是一个味儿，味道都很厚，味道可以分厚薄吗？真还不好说！冬天的日子里，玻璃窗上满是山水花草般的霜花，你坐在暖烘烘的屋里，餐桌上是小米干饭和干白菜熬虾米，这顿饭真是朴素简单而好吃。直让人想到周作人说喝茶的那几句话："喝茶当于瓦屋纸窗下，清泉绿茶，用素雅的陶瓷茶具。"吃饭和喝茶虽不一样，但小米干饭加干白菜熬虾米会让你觉出清淡中的滋味绵长。我现在是想的要比做的多，一年四季总是忙，几乎是，年年都想晒那么一点干白菜，但每年照例都会忘掉，而现在的市场上又没得干白菜卖，起码是，我经常去的沃尔玛就没有，那里有干豆角、干茄子和干葫芦条儿，但就是没有干白菜，他们说干白菜太麻烦，没等卖多少就都碎了，碎糟糟像烟叶儿，所以现在不再进货。

其实要想吃干白菜还是自己动手去晒为好。今年秋天，也许不会忘记。

玫 瑰

我极不喜欢玫瑰，却偏偏有那么多的人喜欢它，这就显出了我的不合群。我不但不喜欢玫瑰，连香香甜甜的玫瑰酱也不大喜欢，直嫌其太甜太香。我六七岁的时候，常常到院子西边的花园里去，去做什么？去偷玫瑰花儿，常常被刺扎了手。但总是要采回来一大把给我的邻居——一个病残了的人，那人脸色白得让人有些担心，眼睛很大却没有多少神气，手枯瘦而苍白，他喜欢玫瑰，还喜欢弹凤凰琴。阴天下雨他在屋子里一遍一遍地弹《苏武牧羊》。在"沙沙沙沙"无边无际的雨声中，用凤凰琴弹的《苏武牧羊》让人听了真难过。无边无际的细雨注定是悲剧的背景，要是下雪，彤云密布，大雪飞扬，倒会让人抖擞起豪迈的情绪，《苏武牧羊》还是在阴雨天弹奏的好。

我之不喜欢玫瑰，因为它第一是开花太热闹，太热闹的事情让人看了心里总是多多少少有气，这是人的本性。对那些凄凄惨惨的事情呢，人又总是要忍不住动恻隐之心，这也是人的本性。第二呢，你细细地看玫瑰花，像不像是绢制品？是不是有些假模假式。

我现在也不明白古时候有没有"玫瑰"这种花名？要是有，它最早应该出现在什么时候？蔷薇是由来已久的，蔷薇与玫瑰是同本而不同样，各是各的事。

玫瑰的品性是太热烈，不像茉莉，香得是那么写意，那么与人不即不离，让你想去探寻，闻着闻着好像没有了，闻着闻着又好像有了，真正是妙哉。真好像是舞台上的程派唱腔，妙在唱到好处时的若有若无。玫瑰却是另一番光景，总是离老远就朝你扑过来，无论其颜色还是花香，说句不大好听的话，玫瑰像不像风尘女子？玫瑰虽美，却少了那份儿牡丹的雍容和蔷薇的泼辣。野蔷薇常常是一开就一山坳，一开就一山坳，一阵风来，落也落得有气势，雪一样布满山坳。

我这么数落玫瑰，好像有些对不起它，我不知道桂花酱的做法，但知道玫瑰酱怎么做。采鲜玫瑰花，把它和糖在一起捣，直捣成一摊泥，然后上笼蒸，蒸完再搅，顺一个方向猛搅，搅好了，不许兑糖稀，八月十五的什锦月饼离不开它，甜点心好像也得它来做主，是小百姓的甜食至味，玫瑰花又能看又能吃，但独独不能让我喜欢，为什么？我自己也说不清，总之，我宁肯去喜欢桂花。

我的父亲却偏喜玫瑰，1967年他在机关西边的一个小院子里反省，那院子从没人去，独独关他一个人，他被反锁在这个小院子里达两个月之久。时值六月，院里有一丛玫瑰，和父亲朝朝暮暮相对的只有这丛玫瑰。父亲后来对我们说，不知为什么那玫瑰两个月内只开了七朵花，一朵开八天，最小的一朵一共有二十八个花瓣儿，最大的一朵有三十六片花瓣儿，花蕊都差不多，差不多都是十七八根。这观察可真是细得不能再细！至今，我想起这事都觉得惨然，一个人，两个月天天相对的只有那一丛玫瑰。

我为什么不喜欢玫瑰呢，说不清，真是说不清。也许用我母亲的话可以解释一下，就是这花"太显摆"。不但是花，人也是这样，谁喜欢爱显摆的人？朋友给我治一闲章，印文古雅好看："布衣见客"。只这四个字，足可以相对"山高水长，明月清风"。

说蓖麻

　　小时候，学校组织学生去地里收蓖麻，那个姓朱的老师再三再四地对我们说蓖麻不能吃，小心中毒，他这么一说，原本对蓖麻不感兴趣的我却偏偏想要试试，我背着人把一粒蓖麻剥开，蓖麻的壳儿花花麻麻的很好看，里边的仁儿白白的。第一颗吃下去，味道是怪怪的，但很香，就又吃第二粒，又吃了第三粒，又吃第四粒，吃了很多，觉得真香！到了下午，我只觉得头晕眼花，随后便躺在那里再也起不来，这可把我的家人吓坏了。后来是给邻居张家太婆灌了一缸子腌菜水，哇哇哇哇吐了一气才渐渐好起来，但还是头晕得不能看书，两眼畏光如虎，便在家里养，因此留了一级。从此便怕了蓖麻。后来在电影院里看《红色娘子军》，记得电影里有

19

一盏灯，实际上不是灯，而是用草棍子串了一串蓖麻在那里烧着，一看此物，我当下就又恶心起来。

蓖麻在我看来多多少少是有些异国情调的，大而披纷的叶子，结籽像古代的一种叫"铁蒺藜"的兵器。北方的乡下把蓖麻叫作"鼠见愁"，摘一两粒蓖麻放在鼠洞口上，老鼠见了就怕，粘到毛上，百般地弄不下去，粘一个尚且如此，粘多了简直会要鼠命。我想此物不但老鼠怕，狐狸、兔子、狼都会怕，设想粘在狼或狐狸的背上，它又不会像人一样把手探到背后去摘，如果到树上或石头上去蹭，则会扎得更难受，兽毛的纹路一被破坏，过冬便会成问题，因为兽毛的纹路一乱，便不复保暖，冷风会从毛路杂乱处吹进去，人会伤风感冒，狼和狐狸们自然也不会例外，试想一只老鼠或狐狸患了感冒，老头一样弓着腰"吭吭"咳嗽，像不像动画片？

与蓖麻相近的是曼陀罗，开小喇叭似的白花，长长的，有一点点香气，果实也有布满小刺的外壳，大小与蓖麻也差不多，但里边的籽却是一小粒一小粒的，曼陀罗的果实干透了，一摇"哗哗"响，很好玩儿。把曼陀罗的籽放到烟里吸，据说可以治哮喘。

小时候，我们把蓖麻籽和曼陀罗籽拿来互相投掷着玩儿，有一次，我把大把的曼陀罗籽扔到猪圈里去，猪是蠢而又蠢的家伙，竟把曼陀罗籽咬上吃掉，真不知它怎么会不怕那刺！后来那头猪就昏昏然大睡，猪的睡相有世外高人的味道，无论躺到什么地方，都能酣酣然睡去，真是令人羡煞。

　　蓖麻据说也能治病，它却差点儿要了我的命。所以我至今还怕它。曼陀罗的种子还有一个名字，叫"颠茄"，据说古时候的蒙汗药就是用曼陀罗的种子制成，十字坡的孙二娘肯定是合制此药的好手，"倒也，倒也，"她拍着手对那些中了她的机关的客人说，"任你奸似鬼，喝了老娘的洗脚水。"蒙汗药可比洗脚水厉害得多。想必是，孙二娘的园子里前前后后就种了不少曼陀罗。

　　蓖麻和曼陀罗都长得洋里洋气，这话是我下乡时听到的，一个农民边锄蓖麻边说："操他娘！这家伙长得洋里洋气！"

关于薤

关于薤我不想多说什么，因为汪曾祺老先生在他的
一篇小文章里已经写得优美而详尽。但薤似乎不应该是
野韭菜，而其辛辣又极似之。山西北部把薤叫作"寨寨
苗"，至今令人不解其意。常听人们说此物多么多么有味
儿，尤其是吃羊肉，有它才会鲜香。所以我一看到它就
会想到羊肉。薤是秉性刚烈的植物，它一出现，其他东
西的味道就注定全要被它盖住。薤开小小的白花，萼片
却是淡淡的粉，叶子不是扁的，圆而细也，生拨下来放
嘴里嚼嚼，可真辣，辛辣。薤这种小植物很奇怪，似乎
只适宜长在干旱贫瘠少人烟的荒野，哪里地肥水美哪里
倒不见了它，荒冢、干山梁、硬地埂倒常常能让人见
到，道理真是说不清楚，也许是因为一旦长在人们常去

的地方，比如大道边和村旁，被人们一发现便采了？久而久之便绝了迹也说不定。总之，要采薤就必要到荒凉的地方去，这就有了让人感动的因素在里边，让人觉着它不一般，甚至让人觉着它坚强，如果它偏要一丛丛长在花园里和兰花去做伴，谁还会去注意它？不过野草尔尔。

古人的观察能力真是了不起，曹孟德的诗《薤露》，就取薤上露少而易干以喻生命之短促。薤的又细又小的叶子实在是承受不了多少露水，太阳一出，那一点点露水相信马上就会干掉。人生也实在是短促，这就让人明白古人为什么要在那里讲"及时行乐"。这四个字只一"行"字用得好，从容的味道在里边，不像现在人们常说的"取乐"和"寻欢作乐"，近于下流和匆忙。

也许是读了那首令人感伤的《薤露》的缘故吧，每于荒野见到丛生的细细的薤，心里便会顿生惆怅，想象也好像会一下子变得遥远了。北方的山水往往土石裸露一派苍黄，本来就容易令人心生惆怅，有时候一个人在寂静而开阔的野地里走，前前后后左左右右没有一个人，只有蚂蚱在草间伏鸣，这时候眼泪就会无缘无故地流出来，不由你不想起陈子昂的"念天地之悠悠，独怆然而涕下"。

　　与薤相近的野蒜，极不易与薤区别开，只有拨起来，才会发现野蒜的根部有一个拇指大小的球根，而薤则没有。我与上海的朋友去山西最北边的一个小村子，那村子的名字很怪：十三边，过了那个村子就是内蒙古。在那里我看到一大片开紫花的草地，我和上海的朋友去采那种紫花，我随手还采了满握的薤，上海的朋友竟不认识那薤，所以，我想他一旦读起《薤露》那首小诗，便恐怕与题意不明。所以，广识草木是有好处的，天文地理，草木虫鱼，都有它们在宇宙间的地位，不能因它物大而遗弃此物之小也。我的岳母说过一句话，我认为颇有禅意：

　　　　睡着了哪都一样
　　　　吃饱了啥都一样

　　其实，任何生命就生死而言都是一样的，薤以其微小之体承接更加微小易干的朝露，让人了悟生命之真

24

相，所以人们都应该倍加珍爱自己的生命，起码对于我，感受是这样的，对于别人呢，我想也会是这样。另外，我觉得人们都应该去读读《薤露》。

说　榆

　　我对榆树是有点感情的。

　　现在仔细想想，我家早先那个院子好像只有两种树，榆树和杨树。榆树好像比杨树还要多，除了老高老大的榆树外，院子周围还有不到一人高的榆树墙。榆树好像极能生虫子，而且是那种个头很大光不溜溜的红色毛虫，说它是毛虫是有点高抬，它身上其实没多少毛，只有那么几撮儿，那几撮儿毛又很长，所以它爬动起来就显得格外张扬，它从树上掉下来，先是会缩成一团儿，但马上就会把身子舒展开一下一下地爬动起来，这种虫子有大人的食指那么粗，如果它爬到街上去，恰巧给过往的车轧个正着，会给挤出一股白浆，不是一股，是一摊！我最怕的毛虫就是这种，所以我总是不敢往榆树上爬，但打榆钱儿的时候这种虫子还没生出来，到榆钱儿落了，榆树叶子老了，这种虫子才会出来。让我害怕的是一位山东老乡，居然说，这种虫子很好吃，并且说，要用火烤了吃，有一次，我亲眼看见他把这种虫子扔在一堆树叶子拢的火里，过一会儿又把虫子从火里拨拉出来放在嘴里。我问他什么味儿，他说比蚂蚱好，我说怎么个好？他想了想，说："肥!"

虫子还能以肥瘦论之吗？让人不得要领。

我喜欢榆树，榆钱儿下来的时候不少人都会去打榆钱儿，其实不是打，是把一大枝一大枝的榆树树枝折下来扛回去，榆钱儿要是能打下来必定是老了，老了的榆钱儿不好吃，吃榆钱儿要吃嫩的，是又嫩又甜。榆钱儿怎么吃？用玉米面和碧绿的榆钱儿掺和，稍稍放一点水，和得松松散散，在山西北部叫"块垒"，在山西南部叫"拨烂子"，总之是一小块儿一小块儿，绝不能粘连，然后放笼屉里蒸，蒸好，俟其稍冷再下锅炒，要放大量的葱花儿，还要放一点点盐。这种饭，要配上小米子稀粥，最好还要有一盘凉拌苦菜，这就是北方的春天了。因为打榆钱儿的关系，我们那里的榆树总是长得很高，细溜高细溜高，树梢上的榆钱儿没人打，够不着，这样的榆钱儿便会慢慢老了，黄了，白了，一阵风过来，像是下雪，飘飘飘飘地落下来，春天也就过去了。榆钱儿一落，夏天就来了。榆钱儿只长在成了材的大树上，小榆树行子无榆钱儿可打，常见老头老太太在榆树墙那里采榆树叶儿，像采茶，挑挑拣拣，拣嫩的采，新嫩的榆树叶子也很好吃，用水焯一下凉拌了，放嘴里越嚼越黏糊。榆树叶儿可以做菜团子，照例是用玉米面，掺在一起和好，用两手抟成团子上笼蒸，好吃不好吃且不说，颜色先就好看，黄绿相间格外醒目。

在北方，讲究一点的人家不在家院里种榆树，"榆"和"愚"发音一样。但河北一带又爱在房子后边种榆树，这有个讲头，叫作"后边有余"，过日子有余就好！

榆树成材慢，能成大材者盖不多见，晋北的家具，讲究一点都是用榆木做，"二月书坊"有一晋式炕琴，敦厚大气，就是榆木所做。榆木结实耐用而且有好看的花纹。南方有一种木材学名叫"榉"，而民间依然叫它榆，不过在榆字的前边加一个字——"南榆"。

28

常见有人去剥给砍倒的榆树的树皮，砍了用车拉走，一整棵一整棵的树都给剥得光光溜溜白得晃眼，榆树皮给剥回去不是烧火，而是吃，把榆树皮晒干，上磨磨成面，再一回一回地过箩，这种用榆树皮磨成的面叫"榆皮面"，这种面不能单独用来吃，是要和在玉米面里，或者是和其他粗粮和在一起食用，无论再粗的粗粮，只要一和上榆皮面马上就会变得筋道起来，可以压成很细很细的面条下锅煮了吃。玉米面做面条，而且是细面条，不用问，肯定是里边和了榆皮面。这种面不但筋道，而且滑溜。用白面和榆皮面擀面条儿，那面条儿就会筋道得过了头，你挑起一筷子面条儿，放嘴里一吸溜，坐在对面的人也许马上就会有感觉，你说不定已经把面汤弹在了人家的脸上！你看这面条有多筋道！

我喜欢榆树，试着种过几次榆树盆景，但都疯长而不可收拾也！

荷花记

有朋友请我喝"莲花白"，先不说酒之好坏，酒名先就让人高兴。在中国，莲花和荷花向来不分，莲花就是荷花，荷花就是莲花。但荷花谢了结莲蓬，没听过有人叫"荷蓬"的，从莲蓬里剥出来的叫"莲子"，也没听人叫"荷子"的。荷花是白天开放晚上再合拢，所以叫荷花——会合住的花。我想不少人和我一样，一心等着夏天的到来也就是为了看荷花，各种的花里，我以为只有荷花当得起"风姿绰约"这四个字，以这四个字来形容荷花也恰好，字里像是有那么点风在吹，荷花荷叶都在动。

荷花不但让眼睛看着舒服，从莲蓬里现剥出来的莲子清鲜水嫩，是夏季不可多得的鲜物。如把荷花从头说到脚，下边还有藕，我以为喝茶不必就什么茶点，来碗桂花藕粉恰好。说到藕粉，西湖藕粉天下第一，有股子特殊的清香。白洋淀像是不出藕粉，起码，我没喝过。那年和几个朋友去白洋淀，整个湖都干涸了，连一片荷叶都没看到，让人心里怅惘良久。说到白洋淀，好像应该感谢孙犁先生，没他笔下那么好的荷花，没他笔下那么好的苇子，没他笔下那么好的雁翎队，没他笔下那么多那么好那么干净而善良的女人们，人们能对白洋淀那么向往吗？在中国文学史上，孙犁先生和白洋淀像是已经分不开了。一九八一年天津百花文艺出版社给孙犁先生出八卷本的文集，我拿到这套书的时候，当下就在心里说好，书的封套上印有于非闇的荷花，是亭亭的两朵，一红一白，风神爽然。这套书印得真好，对得起孙犁先生。于非闇先生的画也用的是地方。画家中，喜欢画荷花的人多矣，白石老人的荷花我以为是众画家中画得最好，是枝枝叶叶交错穿插乱而不乱，心中自有章法。张大千是大幅好，以气势取胜。而黄永玉先生的红荷则是另一路。吴湖帆先生的荷花好，但惜无大作，均是小品，如以雍容华美论，当推第一。吴作人先生画金鱼有时候也会补上一两笔花卉，所补花卉大多是睡莲而不是荷花，睡莲和荷花完全不是一回事，睡莲是既不会结莲蓬又不会长藕，和荷花没一点点关系。有一种睡莲的名字叫"蓝色火焰"，花的颜色可真够蓝，蓝色的花不少，但没那么蓝的！不好形容，但也说不上有多好看，有些怪。

夏天来了，除绿豆粥之外，荷叶粥像是也清火，而且还有一股子独特的清香。把一整张荷叶平铺在快要熬好的粥上，俟叶子慢慢慢慢变了色，这粥也就好了，熬荷叶粥不要盖锅盖，荷叶就是锅盖，喝荷叶粥最好要加一些糖，热着喝好，凉喝也好，冰镇一下会更好。荷叶要到池塘边上去买，过去时不时地还会有人挑上一担子刚摘的新鲜荷叶进城来卖，一毛钱一张，或两毛钱一张。现在没人做这种小之又小的生意了，卖荷叶的不见了，卖莲蓬的却还有，十元钱四个莲蓬，也不算便宜。剥着下酒，没多大意思，只是好玩儿，以鲜莲蓬下酒，算是这个夏天没有白过。有人买莲蓬是为了喝酒，有人买莲蓬是为了看，把莲蓬慢慢放干了，干到颜色枯槁一如老沉香，插在瓶里比花耐看。夏天来了，除喝花茶之外，还可以给自己做一点荷心茶喝。天快黑的时候准备一小袋儿绿茶，用纸袋儿，不可用塑料袋，一次半两或一两，用纸袋儿包好，把它放在开了一整天的荷花里，到了夜里荷花一合拢茶也就给包在了里边，第二天取出来沏一杯，是荷香扑鼻，喝这种茶，也只能在夏天，也只能在荷花盛开的时候。

我喜欢荷花，曾在露台上种了两缸，但太招蚊子，从此不再种矣。

那年去山东蓬莱开会，随大家去参观植物园，看到了那么一大片的缸荷，有几百缸吧，一缸一缸又一缸，人在荷花缸间行走，荷花比人都高。荷花或白或红或粉，间或还有黄荷，但也只是零星的几朵。我比较喜欢粉荷，喜欢它的娇娜好看，粉荷让人想到娇小妙龄的女子，白荷和红荷却让人没得这种想象。刘海粟和黄永玉二位老先生到老喜欢画那种大红的荷花，或许是岁数使之然，衰败之年反喜欢浓烈。红还不行，还要勾金，是，更烈。

红湘妃

竹子好，但北方就是没多少竹子可看，山西是个没竹子的省份，但陕西有，西安有一处地名就叫作"竹笆市"，那地方专门卖竹子，满坑满谷都是用竹子做的用具，从小板凳到大床。说到竹子，北京也有，但不多，都是细细的那种，这种竹子的竹笋也可以吃，但没多大吃头，眼下各地饭店像是都能吃到这种手剥笋，聊胜于无而已。朋友世奇前两年送我一盆紫竹，今年一连抽了三个笋，很快就拔出了竹节，紫竹刚刚拔出来的嫩竿是绿的，及至长高，颜色才会慢慢转深，直至紫到发黑，你说它是黑竹也可以。北京有一处地名就叫作"紫竹院"，很好听，有诗意。广东音乐里边有一个曲子叫"紫竹调"，欢愉而好听，这支曲子是欢愉，而不是欢快，听起来像是更加云淡风轻。说到紫竹，传说中的观音大士和她的白鹦哥就住在紫竹林里，以紫竹比绿竹，好在颜色上有变化，绿叶而紫杆。

竹子在民间庸常的日子里与人们的吃喝拉撒分不开，过去打酱油打醋打油的提把就都用竹子做，经使耐用，好像总也使不坏，竹筷子竹饭铲更不用说，还有竹躺椅竹床竹凳等等，大者还有竹楼和竹桥。如在炎炎夏日，晚上抱一个竹子做的"竹夫人"入睡，一时有多少清凉，要比空调好。用竹子做东西，比较有创意的是日本茶道大师千利休，他用一截竹筒做的尺八花插至今还收藏在大阪藤田美术馆。大阪藤田美术馆还收藏了元伯做的竹船形花插，也是一段竹子，以这样的花插插花符合茶道精神，也朴素好看。竹子是越用越红润好看，竹子表面的颜色和光泽硬是要让人们知道人和竹子耳鬓厮磨的岁月风尘。

说到竹子，不好统计世上的竹子到底有多少种。我以为可以入盆栽的"龟背"和"罗汉"其实并不怎么好看，我以为最好看的竹子还应该是斑竹，斑竹又分多种，常见的是梅鹿、凤眼、红湘妃，这三者，要说好看还要数紫花腊地的红湘妃。毛泽东的诗句"斑竹一枝千滴泪，红霞万朵百重衣"，真正是秾艳浪漫。我在家里，喝茶或品香向来是不设席，要的就是随随便便，但有时候会剪一枝竹枝插在瓶里，我以为这个要比花好，朋友们也说好。尤其是品香，插花是节外生枝。

湘妃竹之美是病态的美，是受了真菌感染，慢慢慢慢生出好看的斑来。古人的想象毕竟是不同凡响，把竹上的斑斑点点与舜之二妃联系在一起。古书《博物志》记云："舜二夫人曰湘夫人，舜崩，二妃以涕挥竹，竹尽斑。"湘妃竹之称始成立。湘妃竹分红湘妃和黑湘妃，红湘妃之好是让人一见倾心。现在市上的红湘妃很少见，一支红湘妃香筒动辄千元，前不久有清代红湘妃臂搁拍出惊天之价，区区片竹，拍了二十五万元。说到文玩，红湘妃着实是雅，但这雅是养出来的，要主人把它经常带在身边，经常用，经常用手去摩挲。玩玉有"脱胎换骨"一说，玩湘妃竹也当如此，玩久了，红湘妃骨子里的韵味才会焕发出来。

红湘妃竹很少有大材，"停云香馆"近来示人一红湘妃臂搁，地子虽不够黄爽，但尺寸却少见。十多年前，我曾定制红湘妃笔杆做毛笔百支，自己没用多少，都送了朋友。现在如想再以红湘妃做笔杆或者已是颠倒梦想。

红湘妃好就好在少有，要是多了，遍地都是，还有什么意思？

城墙植物

　　中国人看到城墙一般都不会吃惊，吃惊的是外国人。

　　我住在城墙下的时候，国内的朋友来了，大不了说："好一个明代大古董！"我会细跟他们说这城墙太古老，明代的城墙里可能还包着唐代和北魏的城墙！他们一听更吃惊，但再吃惊也吃惊不到哪里去，在中国，几乎是每个城市都有城墙。外国朋友来了，其吃惊程度就大得多，印度朋友里德，个子比我低一些，皮肤却比我黑得多，看到城墙，大兴奋起来，他在印度从没见到过这么高的墙，非要上去，我只好陪他往城墙上爬一遍。从城墙上下来，我带他去洗澡，他又吃一惊，说中国人洗澡怎么脱那么光？我说中国人洗澡就是要脱这么光！他突然害羞起来，坚持穿着一条睡裤洗完了澡。洗完澡回到我家，端着一杯茶从窗子里还看城墙，并且问我城墙上那结着小红果子的植物是什么？我看都不用看，坐在那里告诉他那是枸杞，中国男人的一种补药。

我对城墙太熟了，我在城墙下的院子里从两岁长到十五，那时候护城河还在，发大水的时候许多人都站在护城河边看，浊黄的水眼看着要晃到河沿上，那真是有点怕人。我读书的小学也在城墙下，上体育课，有时候会一脚把足球踢到护城河里。那时候护城河里长满了各种植物，更多的是庄稼，我在城墙边上认识了什么是谷子，什么是高粱，什么是黍子和玉米，还认识了各种蔬菜，鬼子姜和山药蛋，豆角白菜倭瓜和茄子，那是个总也吃不饱的年代，人们绝对不放过任何一块儿空地。在最最饥馑不堪的年代，人们甚至把庄稼种到了城墙之上，你仰起脖子可以看见有人在城墙上锄地，你就会想，那上边有水吗？如果不下雨能有收获吗？好在古今中外就没有不下雨的老天爷！

春天来的时候，护城河边上的白杨绿了，有人上树去打那一小穗一小穗的杨花，这杨花用水沤了可以吃，味道苦涩难当。有人去城下挖野菜，好像是，城墙下甜苣比较多，这是野菜中的上品，现在去饭店请客，主客动辄点一盘苦菜来涮嘴，但饭店里的苦菜做得不那么地道。最简单易行的方法，是先用开水氽，再用凉水泡，然后切碎上盘了事。真正好吃的苦菜要沤，用米汤直把苦菜沤成黄色，连汤带菜最宜吃平民们的土饭，稠粥、拿糕、莜面。又说到作家孙犁，好多次对我说到苦菜，说河北的吃法和山西不大一样，我想，当年他在繁峙郭四家养伤的时候可能吃了不少苦菜。

在山西，春天的时候有什么可吃的？苦菜便是上好的一道菜。

记忆中，除了苦菜，还有一种极辛辣的野菜，名字叫"麻麻"，这种野菜生来好像是专门用来对付鼻子，你在地上找一根麻麻拔起来放嘴里嚼嚼，一会儿鼻子就受不了，眼泪就会出来。人们把这种野菜挑回去剁碎用醋拌了吃，完全是吃油泼辣子的意思。饮食四大味：酸甜苦辣。辣的总代表是胡椒和辣椒。胡椒自汉代已传入中国本土，辣椒的传入大约是明代，我至今不知道汉代以前人们吃什么样的辣东西？

麻麻这种野菜好吃不好吃？可以说很好，吃稠粥，吃莜面都好，好就好在辣鼻子。花椒之麻，在于嘴，花椒吃多了，嘴里是酥酥发麻，而辛辣如麻麻这种野菜作用却在鼻子，芥末之辛辣也在鼻子，常见有人在饭店吃饭，生鱼片往味碟里一蘸再往嘴里一送，马上找餐巾捂脸，眼泪已经出来!

城墙下和城墙上有许多植物，要是雨水好，城墙上下的植物一齐茂盛起来，有识之士也许可以写一本城墙植物志，想来此书还不会太薄。

梅花再三说

一

就我而言，只要说到梅花，样样都是好的。比如玩扑克，摸到黑梅花也觉着好，还有一本书，是早些年地下流行性质的，许多人都还会记着，书名便叫《梅花党》，这本书的内容都已经忘记了，好像是脱不掉凶狠的残杀和阴冷的暗算，但书名却有几分雅——《梅花党》。所以书里的内容都忘掉了，书名却还木刻样在脑子里。这都是因为喜欢梅花。梅花因为有几分像杏花，所以不少外国人还把梅花叫作"东方杏花"，这是一件令人生气的事，杏花怎么可能与梅花相比？

说到喜欢梅花，其实先是从诗歌开始，有两首古诗写梅花最好。一首是拗相公王安石的五绝："墙角数枝梅，凌寒独自开。遥知不是雪，为有暗香来。"这首诗我真是喜欢。令我激赏的是拗相公与我有同好，都喜欢白梅。红梅是热闹，给眼睛以刺激，这刺激便是喜悦，白梅是高洁，不着一点点颜色，天地间种种肮脏它一点点都不染！还有一首，是林逋的，这诗有说是咏雪的，也有说是咏梅的，句式奇怪而好到十分，像是童谣，却是七言："一片两片三四片，五片六片七八片，九片十片无数片，飞入梅花都不见！"算算术一样把诗一路用数字写来，最后一句意境好到天上。这梅花写得原来就是白梅，这首诗里的雪飞得就很紧，如果松松落落有一片没一片地飘落倒不好了。很急很密的雪飞入那令我心生欢喜的白梅，这是多么好的意境！这就是诗，纯粹的诗，不能画成画，想必最好的画师亦画不来，如果拍片子，也没那韵味。好诗就是这样，那意境只能用一个一个汉字被牢牢固定在纸上，只有在纸上才好，看不到，却要你想象，这就是文字的魅人处，无法替代处。还有就是陆放翁，他的多少好诗我都要放在一边，早上起来在南窗下习字，常常一动笔就写他那首《卜算子•咏梅》，说到习字，不是帖子和修养让我收敛且沉静，只是这首放翁的词让我一点点不敢张扬。尝见有人用草书飞扬跋扈地写这首著名的词作，心上便有些难过，那飞扬的草书只好去写岳飞的《满江红》。陆放翁的梅花开在黄昏时分的驿站外，那桥既然已经断掉，而且又无人去修，寂寞可以想见，这首词是静，是徘徊，是极慢的拍子，一拍、一拍、一拍、一拍，和草书有什么关系？而陆放翁的诗里也有杏花，却是拿来去深巷里叫卖的，一枝枝只与钱相对。

北方没有梅，这就让人觉着北方真是不像话！好事都让南方占尽，比如竹子，但竹子还可以在北京和北方其他的地方看到，一律瘦瘦弱弱。而梅花却只在南方。北方如果有梅，也只在盆里，开起来清香亦不会少，但却没那真趣。南京梅花山上的梅简直是在那里布阵，布得起阵才会有大气势，有气势才会好看。梅花山上的梅，夜夜都要经受那苦寒，花在苦寒之中一点点做起，香亦在苦寒中一点点做起，才会给人带来喜悦。这喜悦又常常是让人有一点点担忧在里边，担忧夜里是不是会突然下起大雪来，虽然梅花经得起雪，虽然雪会衬托梅

44

花的风致。这"担心"二字便是深爱。中国人对梅花普遍都有那么一点点刻骨铭心。古人品花，梅总是第一品，这实实在在是人间公道！人人都知道冬天必定会过去，没见过历史上有不走的冬天。但冬天尚未离开春天还没到来的时候，就在这个时间的小小夹缝里，唯有梅花冲风冒雪地开了，花朵是小的，谁听过碗大的梅花？梅花应该小，瘦瘦小小才见风致。尝见画家画大幅红梅，千朵万朵拥挤在一起像是着了火，是不得梅花真趣。梅花盛开有盛开的好看，让人知道好的事物总是短暂的，是须臾间的事，就是要你伤感乃至惆怅。苏东坡的那首诗："夜深只恐花睡去，故烧高烛照红妆。"我偏偏认为那高烛是照给梅花的，虽然明明白白是写海棠，但我宁肯想那花是梅花，这样好的诗句，苏东坡怎么会写给海棠？诗人居然也会偏心。我总是认为，一切好的诗句都是要给梅花的。红梅、粉梅、绿梅、白梅。从颜色上分，南京梅花山上好像只有这四种。中国人干什么事情都喜欢排座次，去厕所也是领导雄赳赳在先。《水浒》中一百单八个英雄居然个个都排到，一排一排前前后后地坐，就是不肯大家都坐一排或混坐，混坐其实最平等，我喜欢到大澡堂洗澡便如此，大家欢欢喜喜赤诚相见。再说到梅花，你就无法排座次，红、白、粉、绿我认为都好，各有各的风韵。全开的时候好，半开的时候也好，各有各的好看处。梅花开的时候，小小的花苞从米粒大到黄豆大，经过多少风风雨雨，梅花也知道不莽撞才好，花开的时候先要让花蕊吐出来试探一下，古人画梅，尝见花骨朵上点一蕊。风寒中的梅便是这样，先探出蕊来，这就和其他花不一样，然后才一点一点开起来，一旦开起来便不再犹豫，直至大放。谁见过开到一半又羞答答合拢的梅花？还有，许多事情都是有衬托着才好，梅花却偏不要衬托，叶子是后来的事，把花开完了再说，所以梅花真是可爱。桃花却要手拉了绿叶一起登场，红红绿绿固然热闹，却不能像梅花那样让人感动。还有什么花敢于冲雪绽放？还有什么花能在风寒中抖擞它的那一缕清香。这清香便是最好的宣言，只有在料峭的风寒里你才会读出梅的好处。

梅花好，所以人与梅花的情感多多少少近于恋爱。千里迢迢的非要去看它。甚至于，那个宋朝的处士林和靖，非要梅来做妻子，"梅妻鹤子"有多么雅。但我却认为不可以。梅花是一清到底，你可以向它学习学习。为什么偏要拉人家来做你的妻子？春节的时候，我年年不换的春联是：春随芳草千年绿，人与梅花一样清。这真是好诗句。

没有梅花，能有这好句子吗？没有梅花，在冬天尚未离去春天还没有到来的时候天地间只能是寂寞。这怎么能让人不喜欢梅花。

二

北方没有梅花，要看梅花只好到公园或去面对让龚自珍生气的梅桩盆景，盆景梅花毕竟是盆景，一个人面对一盆梅花，不知是人在那里孤芳自赏还是梅在孤芳自赏？反过来说一句，真不知孤芳自赏的是人还是梅？梅花的香，细究起来，之所以让人觉着特别的香，问题在于这时候除了梅花确实还没有其他的花，既无花，何谈香哉？所以梅的香是只此一家。梅花中，我最喜欢的是白梅，当然最好是绿萼，开起来让人觉着有无限的春意在里边。朱砂梅固然好，但是太热闹，太热闹的东西我总是不太喜欢，但想起《红楼梦》中宝琴抱的那一大枝红梅，却又让人觉着好，红梅要衬着白雪才好看，但白梅亦要雪来衬着才更妙。前边说到的那首王安石的："墙角数枝梅，凌寒独自开。遥知不是雪，为有暗香来。"写得就是白梅，而字面上没一个白字，真是妙哉。梅与雪一色，浑然难辨，当然只能靠香气来感觉梅在雪中的傲然存在。还要再说那首："一片两片三四片，五片六片七八片，九片十片无数片，飞入梅花都不见。"也只能是写白梅。多么好的境界，那该是多么密集的雪，直飞到一大片的白梅里去。

　　身在北方，看雪的机会太多，但看梅就只能对着盆梅想象江南的香雪海。今年去了一趟南京，是专门去看梅，却上了新闻媒体的当，电视画面上的梅已经是开得沸沸扬扬，但现实中的梅花却还没怎么开，要说开也只是星星点点，无论红梅还是白梅都还是满树满枝的花骨朵，倒是腊梅正开得好，腊梅真是香，离老远就能让人闻到，远远的，远远的就香过来。北方没有腊梅，远远地闻过香后，然后过去细看，却让人吃一惊。腊梅当然是黄的，颜色像是有几分透亮儿，像是受了冻。让人吃惊的是腊梅的花瓣既不是五瓣儿，也不是冬心笔下的一个圆圈又一个圆圈，圆圈圆圈又圆圈。腊梅的花瓣是十多瓣儿，分两三层，花瓣儿是尖锐的三角。这忽然让我想到了宋徽宗的《腊梅珍禽图》，当初看这幅画，心里还觉得十分不解，萱草和腊梅在一起开花可以让人理解，艺术既不是自然中物，时序自然可以被打破。但让我感到奇怪的是徽宗笔下的腊梅怎么会是那么多瓣儿，重瓣儿梅可以多瓣儿，重重叠叠十多层都可以，但梅花的花瓣儿怎么会是尖锐的三角？当时还觉得是徽宗的笔误。殊不知却是自己的不对。艺术家的徽宗向来是重写生也提倡写生，关于孔雀升阶先举哪条腿已成艺坛佳话。看了南京的腊梅才知道徽宗的创作态度真是极其严谨。艺术从来都离不了想象，但从来都不能只靠想象来完成。

我很喜欢作家汪曾祺的那篇写他故乡花木的随笔，他说他的故家有一树老腊梅，年年腊梅开花的时候他都会爬到树上去摘一些下来，给家中的女眷戴。而且说到腊梅中的"狗心梅"和"檀心梅"，我在南京看到的腊梅花便是檀心梅，花心作深紫色。当时摘了满把放在衣服口袋里，到第二天还在香。从南京到扬州，瘦西湖两边的腊梅也黄黄的刚刚正开，远远的香气拂然而至，让人顾不得和年轻的船娘说话。

看了腊梅，想想自己最初看徽宗的《腊梅珍禽图》时对徽宗的不满，真是让人惭愧，艺术要的是认真，做人做事也要的是认真，自己没有见过的东西最好要亲自看看才好，"艺术"二字首先是要从眼上过然后再从心上来，做人做事也如此，先要从眼上过，再从心上来。这倒是去南京看梅花最大的收获。至于满坑满谷的梅花的那种气势倒在其次了。几百株几千株的梅花一齐开放如雪如海，当然让人感动，但要领略梅之真韵，还要一株一枝一朵地细细看来，不细看，只远远一望，岂能知道腊梅为何物，这样看，恐怕是到死不知腊梅。

三

读英国传教士约翰·司蒂芬的《传教日记》，里边记着他来中国的一些事情，比如关于小脚女人，他说中国人习惯把女人的脚趾在小的时候全部用手术弄掉，这是他作为一个旁观者的隔靴搔痒的推测。约翰·司蒂芬在中国待了六年，居然不知道中国女人是怎样把脚弄小的，这真是怪事。他在日记里还这样写道："中国人是喜欢梅花的，梅花开的时候便会有大批的诗人到梅花树下写诗喝酒，中国的北方还有另一种梅花，到了六月会结出很好吃的果子，果子的颜色黄黄的很好看。"

约翰·司蒂芬所说的"另一种梅花"是什么呢？北方没有梅，和梅相去不远的只有杏，我想那应该是杏树。北方人一般是看不到梅花的，既然英国传教士约翰·司蒂芬把杏花叫作是另一种梅花，那么我们没有南方的梅花可看，也不妨去看看北方的"另一种梅花"，只不过这北方的"另一种梅花"来得要比南方的梅花丰肥一些，一如韦庄的词里所写的"一枝枝不教花瘦"。

我作为一个北方人，看杏花也看了有三十多年，小时候是不懂看花的，只知道折花，折一大枝，在手里挥舞着玩，然后扔掉了事。懂得看花是后来的事，花开得正好的时候忽然来了一阵好大的风雨，把开得正好的花打落了一地，心里便觉得难过，这也是懂得看花的起始。我小时候的旧宅离公园不远，天气一天比一天热烘烘起来，往公园那边望望，公园里白白的一片又一片，我便知道那是杏花开了。

杏花最好看还是将开未开的时候，有一点淡淡的胭脂色，很娇气的样子。一旦大开，便白了，快开败的时候更白，这时候去公园，你会睁不开眼睛，花会晃眼吗？花就是会晃眼，晃得你硬是睁不开眼睛。

小的时候，我喜欢酸酸的杏子甚于喜欢杏花，扣子大的杏子简直要酸倒人的牙，但我偏喜欢吃。现在，我喜欢杏花甚于杏子，即使是最甜的京杏，我也不怎么喜欢吃，摆在那里看倒可以，找一只青瓷盘，摆五六枚红红黄黄的大杏子在里边，让人动不动想到来楚生的国画小品。

说到杏花，很喜欢陆放翁的"小楼一夜听春雨，深巷明朝卖杏花"。那真是富有诗意，我想那小楼不必太高，二层最合适，如果太高，十层八层就无法听雨了，只好听电梯的上下来去的声音。二层小楼，一个人独卧，整夜的失眠，想的却是第二天的杏花，这是多么的不现实而又富有诗意。宋代居然也有卖花女，卖的还是杏花，用篮子放一枝一枝的杏花卖？还是推一车来大声叫卖？我以为还是挎个小篮子卖的好，推一车杏花卖太煞风景，卖花女郎也会累坏，不妨就在想象中买她篮中的一枝杏花，插在辽代黑釉的鸡腿瓶里，好看不好看？

老画师齐白石有那么多的堂号，但我偏喜他的"杏子坞"。中国文字就是妙，如果是"杏花坞"，则会是另一种意境，却偏偏是"杏子坞"。但杏子坞已经把杏花包括了进去，无论什么树都得先开花后结果是不是？世上有没有不开花便结果的杏子树？也许爪哇国里会有。

我觉得杏还是要比梅好，起码杏子要比梅子好吃，再说，杏花和梅花也相去不远，要不怎么英国人约翰·司蒂芬会糊里糊涂把杏花说成是"北方的另一种梅花"。

这种说法蛮不错，北方的另一种梅花。

黍庵说黍

　　南方人吃糕，北方人也吃糕，不同的是南方人吃糕用糯米，北方人用黍。

　　我十五岁上才认识黍，黍和粟在我们这儿的乡音里有点儿相似，到地里去，总是黍黍粟粟地分不清。

　　黍的穗子是松散的，结出的颗粒比粟的颗粒大，去了皮就是黄米。粟就是谷子。齐白石老画师画谷子，一大穗谷子由一小球一小球子房组成，浑圆好看。黍的用处比粟的用处大，去了子房的穗子可以做小扫帚，用来扫炕的那种小扫帚，这种小扫帚越用越紧凑，用到后来，只剩下一个小三角形，人们还舍不得把它丢掉，比如说在灶里烤几个山药，吃的时候，用小扫帚把山药一扫又一扫，上边的炭灰和黑皮就都给扫下去了。下雨天，鞋上和裤脚上沾了泥，用这种三角形的小扫帚把鞋子和裤脚扫扫，泥就掉了。新的那种大扫炕笤帚就没这么好使。农耕时代，农作物的枝枝叶叶都有用。

北方人吃糕用黍米由来已久，黍米从色泽上讲要比糯米好看，金黄金黄的。糯米是先蒸后打，所谓的打年糕就是要把蒸熟的糯米打成糕团。而黍米却是要先把米碾成面，然后再上笼蒸，蒸熟的黍米面要趁热马上揣和在一起。北方叫作揣糕，用双手，救火样揣来揣去，这是需要技术的，一要把糕揣好，二还不能烫了手。在晋北，红白喜事都要吃一顿糕，糕——"高"也。南方也是这么个意思，高了总要比低好。南方的年糕，可以和菜肴和在一起煮了吃，比如排骨年糕，比如蹄膀年糕。北方的黍米糕也可以和菜肴一起做了吃，比如和猪肉鸡肉一起烩了吃，味道亦大好。但用糯米包了馅再煮来吃的食品好像就不能再叫年糕，而叫团子或圆子，比如汤圆，比如肉馅儿的糯米团子。而黍米包了馅儿的食品在北方依然叫糕。黍米糕一旦包了馅儿，便非要用油炸了吃，必包的馅儿有两种：一种是豆馅儿，红红的很喜庆，一种是菜馅儿，里边是干菠菜、豆腐干儿、腌过的红萝卜，最重要的是要有地皮菜。很长一段时间里，我认为只有北方的乡野里有地皮菜，而且只有山西这边吃地皮菜，想不到那年去上海，朋友请吃饭，说有一种包子很好吃，你们那里肯定是吃不到，俟那包子上了桌，用手劈破，里边是黑黑的，一吃，是久违的地皮菜。地皮菜之好吃，不可比方，好像只是一种乡野的清气，说得更准确一点应该是泥土的味道。下过雨，到野地里去，到处都是黑中泛绿的地皮菜，闻闻，什么味儿？还真不好说。晋北的菜糕馅儿是离不开地皮菜的，地皮菜很好吃，但饭店里大多都不舍得多放，地皮菜很难洗择，洗一遍，再洗一遍，再洗一遍，水还是浑的，再洗一遍，好像是还不行，还得洗。地皮菜好吃，但是太费水。要吃地皮菜包子，最好在自己家里吃，刚蒸好的包子用手劈破，里边黑黑的都是地皮菜，要油大，要配好豆腐干，最好是熏干。晋北天镇县出好熏干，紧凑，硬实，有嚼头。

我母亲是东北人，她吃黍子的办法是把黍子像蒸米饭一样上笼蒸了，黍米一旦炊熟，真是黏得可以，盛到碗里是黏黏的一团，让人没法子下筷子，但东北人有对付黄米饭的办法：一是用猪油，雪白的好猪油。二是用白糖，红糖也可以。这两种东西一放到黏黏的黄米饭菜里，米饭便会溶溶而解。我小的时候，家里还常常吃这种米饭，过年敬神，必不可少。清宫里吃黄米饭也是这种办法。直接把黍米蒸熟食之，除了东北人，不知哪个省份还会这样？内蒙古的奶茶离不开炒米，那炒米就是黍，有人说是糜，好像不大像，糜的味道有些苦，黍却甜。黍子糕，热的时候是黏软的，一旦冷了便像一块铁。在地里做活儿，用手巾包一块黍米糕，吃得时候切一片下来，点一堆火，把黍米糕就放在铁锹上，一会儿黍米糕就软和了，两边也焦黄焦黄的了。在上边抹一点点黄酱，这就是一顿饭，如果地头再有几棵葱几个萝卜就更好。我的书房以"黍庵"名之。多有人询问其意。黍在古代是做尺子的依据，十粒黍便是一寸。黍这种植物，不论丰年荒年，即使瘪了，颗粒也是那样大，十粒黍，头对头，就是一寸，古代的尺寸，就是这样定的。五谷中，高粱长得再高，粟穗再硕大，也无法和黍相比。

六道木

　　我喜欢汪曾祺先生的短篇小说《七里茶坊》，我知道六道木也是从这篇小说开始，小说里写道："他们手里都拿着二尺多长六道木短棍。"赶牛的拿根六道木短棍做什么？一是为了赶牛，二是防狼，那时候坝上有狼。前不久我去坝上，店东就端上一盘肉来，说是狼肉，说让你们吃吃新鲜，大家一时都把目光定在那盘肉上。我小时候吃过狼肉，父亲不知从什么地方弄来老大一块，味道有点酸，可这次在坝上吃的狼肉和狗肉没什么区别，想找出些迥异之处，最终觉得还是和狗肉差不多。再说六道木，汪先生是知道六道木的。六道木什么样？六道木上每隔一段就有竖着的六道裂纹，很规整，简直就是一种天然的纹饰！六道木是一种特别有韧性的小形灌木，木质特别硬又特别有韧性，有一个二人台小戏戏文里就说到六道木，戏文中的主人公说："你这家伙像六道木鞭杆，折也折不弯，砍也砍不断，直急出老汉一头汗！"二人台是民间小戏，民间的挑逗打闹，民间的人情世故，有时候连民间的种种风物也都会给带到戏里来，比如《害娃娃》这出戏，身怀六甲的女人们喜欢吃的各种酸东西都一一给数出来，再说到六道木，别的戏里就没见有提到过六道木的，京剧中提到过，但叫的是另一个名字——穆桂英大破天门阵，上五台想请杨五郎下山，杨五郎提出个条件说他的兵器的柄已坏掉，非得找降龙木来不可，这个降龙木不是别的，就是六道木。六道木一般都不太往粗里长，放羊汉手里的六道木短棍一般也就大拇指粗细，再粗，如长到鸡蛋那么粗，就了不得了。六道木叶子在春天刚刚长出来的时候可以吃，要刚刚长出来的新嫩叶子，和山药丝子放在一起包那种大饺子。在晋北，你一说大饺子，概莫能外的就一定是莜面大饺子，老大个儿，一个碗里也只好放一只，吃莜面饺子离不开醋，常见老乡吃莜面大饺子，用手掰开就往里边倒一股子醋，这种饺子好吃不好吃？别是一个味儿，要说好，我觉得不好，但有时候又想吃它，饮食方面的事不好说，有时候是怀旧二字在里边作怪，分明不好吃，但又想吃那么一口，你别以为只有脑子老会怀旧，肠胃一样会怀旧，往往会来得更加厉害！春天来的时候常常见人们在树下拣杨树花，褐色的，一穗一穗的，拣来做什么，用开水焯焯凉拌了吃，那好吃吗？相信不会好吃，但有人就想吃那么一口。还有豆腐渣，好吃不好吃，就是有人爱吃，油大些，葱花儿也大些，炒了吃据说很香，我吃过，却觉不出香！说实话，不好吃，用我母亲的话说，那东西放在嘴里是"硌硌攘攘"，口感就不好。那能好吗？豆腐渣从豆腐坊里出来一般都做了饲料，而北京的小吃麻豆腐，简直就是豆腐渣修炼成仙，不得不让人刮目相看！

　　我有一根六道木手杖，是王有国给我上山砍的，王有国写小小说多年，那几年年年几乎都有佳作被转载，这根六道木手杖手握的地方是天然一握，长短刚够三尺，拇指粗细，挂起来很衬手，我现在当然还用不到手杖，但因为它是六道木，我就喜欢，时不时会放手里看看。手杖这东西一定要用有韧性的材料来做才好，我母亲用过一支木手杖，看着好，但有一天拄着它下楼梯，一使劲，"咯喳"一下断掉！简直吓我一身冷汗！好在没把母亲闪着。从那以后便知道竹杖的好处，竹杖好在你想让它一下子断掉都不可能，它就好在怎么也一下子断不掉，那年爬峨眉山，上来下去拄一支竹杖，又轻便又好使，但竹杖的不好之处是容易劈，一旦劈裂就无法再用。六道木就没这毛病。六道木之好，还好在打锣的锣槌槌杆儿最好也是六道木的，要是换了别的木头，打几天那槌杆就裂了。你要是不认识六道木，可以去乐器店看看，地道的锣槌槌杆儿必是六道木。

六道木多长在北方的山里，新生嫩叶据说还可以用水焯过凉拌了吃，据说味道有几分像枸杞头，可以清火。再说，春天野地里新生而又可吃的东西就没有能让人上火的！都清火！

葫芦事

　　我对酒的态度是能不喝就不喝，也就是说我并不喜欢酒，见了酒并不那么欢天喜地，而现在直至发展到视酒如仇。话虽这样说，一旦朋友从远道上来了，我便又会欢天喜地跟着川流不息地喝，而且直到喝得大醉而不是微醺。鄙人像是向来不会微醺，而且喝酒极是快，有时候就在酒桌上，大家还没有离席，鄙人已经结束，也并不是像有些人那样瘫在酒桌上，而是坐在那里就睡过去，一觉醒来已在家中，再也想不起昨天喝酒的事，比如和谁喝酒或怎样回的家。虽然不喜欢喝酒，但朋友们还是要不停地送酒过来，或者是送一些酒器，比如"公道杯"或者是什么"自鸣杯"。所谓自鸣，也就是在酒倒出来的时候像是有人在那里吹口哨，唯这个杯后来送了一个外国朋友，给他带来莫大的喜悦。去年过年时又有朋友拿一个葫芦来，不算大的那么一个葫芦，也就是林冲看守草料场时用的那种，但要小得多，朋友说这是放酒的，说你别看它是普通的葫芦，它里边有"文章"，并把里边的"文章"说给我听，也不是什么了不得的事，只不过是在葫芦的里边用一种漆吊了里子，这么一来，即使是酒在里边放很长时间也不会渗透到外边来。即使是这样的葫芦我也并不那么喜欢，到后来也送了另一个朋友。这就要说到葫芦。鄙人家里现在有两枚葫芦，红润好看，是母亲大人用手摩挲出来的。是先用一块玻璃碎片把葫芦外面的那层皮刮掉然后才开始日复一日地摩挲，直至它一天比一天红润。葫芦在民间的意思是"福禄"，是发音相近使然。小时候玩过一块玉，后来亦是送了朋友，就是一个童子背了一个有蔓的葫芦，这个玉佩就叫作"万代福禄"，我把这个玉佩送给一个朋友，还把意思同时也说给他听，但不知这个"万代福禄"的玉佩现在还在不在？如果在，换一辆一般的小车想必足可以。

今年春天快要到来的时候，曾向持志斋主讨要了几枚丝瓜种子，就种在我的北边露台上，现在已经十分的蓬勃。以嫩丝瓜炒鸡蛋是一道很好的菜，宜下白米饭，丝瓜做汤，味道十分清鲜，也是宜下白米饭。丝瓜开两种花，一种是结瓜的，另一种似乎是开来只让人看，一个花柄子上有五六个花苞，一朵接着一朵开，早晨起来，往那边一望，真是明黄好看。但明年想好了是要种两棵葫芦的。也好足不出户便可以坐在那里写生，虽然经常会把葫芦画来画去，虽然还有白石老人的稿本在那里，但还是写生出来的东西有真意。这又要说到白石老人，白石老的旧照片结集出版后，其中有一张拄杖站立的真是让人看了心生喜欢，老人站在那里，不但拄着杖，衣襟上还挂着一枚葫芦，这张照片真是很好看，白石老人是越到老年越好看，他年轻时的相貌倒是平平。只看这张照片，在心里揣摸老人衣襟上的葫芦是玉的还是别的什么材料所制。到后来又看到白石老人的另一张大照片才知道那只是普通的葫芦，不大，一两寸，上边还有一小截蔓儿，只一小截，一点。看了这张照片，便在心里想不如让自己快快老起，也好能让自己拄杖戴小葫芦。再后来看到画家吴悦石也戴着一个葫芦，当然亦是在中式的衣襟之上，便就更加的让人喜欢起葫芦来。

前不久在北京，去了一趟十里河的花鸟市场，但买过两只蝈蝈便忘了葫芦的事，可见鄙人还没有老到可以在衣襟上挂葫芦的年龄。但到了明年，说什么也要在露台上种几棵葫芦，希望它能结一个恰好的，大约一两寸即可。只是不知道持志斋主那里有没有葫芦的种子。

棉被子

　　曾经写过一篇小文，题目好像就叫《被子》，还记得写这篇小文的起因是因为又读了一次日本作家田山花袋的小说集《棉被》，说是小说集，其实里边只收了田山花袋的两部小说，除《棉被》之外还有那篇著名的《乡村教师》，写一个年轻教师很苦闷地寄居在一个寺院里，因为这一点，居然让我喜欢读它，其他的种种描写倒在其次。读这部小说的时候自己就想如果有寺院可以寄居，自己不妨也去再当一回教员，想想这真是有些好笑。田山花袋的这本小说集不算厚，可以说很薄，薄薄的一本，现在还放在我的书架上。我想今年如果有时间，还要再认真读它一次。与这本小说想一起再读读的还有太宰治的《斜阳》和谷崎润一郎的《阴翳礼赞》，都是很薄的小书，躺着或坐着，只需一会儿时间就可以读完它。今天是元旦过后的第三天，也就是三号，外面的太阳十分好，对面人家屋顶的积雪白得耀眼，这样的阳光在冬天其实并不很多，有这样的好阳光，在屋子里一边喝茶一边读自己心爱的书，可以一直读到天黑，冬天真是读书的好季节。我之对于自己喜欢的书，总是读了又读，而且，相同的书，如果有不同的版本还要见了就买，比如田山花袋的《棉被》在我的书架上就有好几种，但我还是最喜欢江苏人民出版社出的那本，而后来所出的版本是越出越厚，这真是怪现象。袁枚的《随园食单》，原来只要几角钱就可买到，其厚薄几近一币，而现在的新版却要厚到原来的十倍都不止，王国维的《人间词话》原来的版本也只是薄薄一本，而现在是老厚的一大本。除了要挣钱，不知道把薄薄一本书出到这样厚还有别的什么想法？而我读这些书，宁可翻老半天找出那些老版本来读。

说到被子，原来写过一篇这样的小文，其实不必再写，而忽然再次想到写被子，是一位朋友用自家的新棉花给我做了两床被子，棉花可以用来做插花也是我最近才知道的事，日本的插花师川濑敏郎用棉花做过无数次插花，不起眼的棉花一经插在古罗马的玻璃瓶里或日本的伊贺古陶瓶里真是美丽到无法去形容，感觉是棉花要放出光芒来，棉花会有光芒吗？当然，它插在瓶里再美丽也比不上棉被盖在身上的那种感觉。那两床新棉花做的棉被被我放在太阳下晒了一下，到了晚上盖着它就可以感觉到新棉花的味道，棉花是什么味道？几乎没人能够说得出来，但它就是有一种好闻的味道，我想，即使是语言大师，也无法用语言来把棉花那种独特的味道说出来。再说到被子，到了晚上，人人都要用被子，即使在非洲，恐怕到了晚上也要在身上盖些可以让人保暖的东西。在北方，到了冬天，晚上睡觉最好用被子把自己裹住，在最冷的冬天，我用过睡袋，因为我的阁楼上很冷，睡袋的好处是可以让自己钻进去再把拉链拉上，这样一来，整个人就像是已经变成了一个很大的蛹，暖和是暖和，但如果想在睡袋里翻身是很难的，作家厚圃来我家，我给他睡袋，他睡在里边，不知翻过身没有，但他在南方，肯定一点他是不用睡袋的。

这篇小文，拉杂得很，但到快结束的时候还是想再说一下被子，也就是，不知道在哪家博物馆，或者是在图片上吧，看到过汉代的被子，被头不是现在的"一"字形，而是"凹"字形，这样一来，到了晚上睡觉的时候就可以把长出的两头掖到肩膀之下，这样的被子可以让肩部不会着凉，有一种病，就叫作"露肩风"，恐怕就是晚上睡觉肩膀露在外边着了凉，如果有这样的被子，或者我们把被子都普遍地做成这种，起码在北方，在寒冷的冬天，是会大受欢迎。

被子在古时叫作衾，"布衾"。而"棉布"这个词最早出现在什么时候，鄙人居然不知道。甚至，连要查一下什么典籍才可以知道都不知道。但起码，在汉代张骞出使西域之前大概不会有这个词，因为那之前中国本土还没有棉花。

记紫藤

早上起来收拾案头，外边有鹁鸪在叫，鹁鸪似是鸽子的近亲，只是脖子细一些，上有细碎的黑蓝色斑点，飞起来的时候尾羽上有比脖子上的斑点大一些的白斑。鹁鸪在民间的名字是布谷鸟，春天发情，雌雄互唤，其声"布谷、布谷、布谷、布谷"颇不难听。鹁鸪鸟其实一年四季都在叫，而其大叫特叫的时候，却一定是在春天，也正是人们播种插秧的时候，民间的各种传说向来是以人类的生活为中心，便说此鸟这样一声接一声叫，是在催人们下田播谷种黍，所以，人们对鹁鸪鸟便有好感。一边听着鹁鸪叫，一边洗过笔，案上恰有裁剩的纸头，想想紫藤马上就要开花，不免画一回紫藤。花鸟画，凡是有枝有叶有花或无枝无叶无花者似乎皆可入画，而唯有紫藤，大笔小笔草书细楷均可以在里边，所以历来喜欢画紫藤的画家不在少数。任伯年紫藤的细叶和花穗好，白石老人紫藤的老干细枝传神。但画紫藤，极容易让人下笔流于轻狂，一旦收束不住，便坠恶俗。与紫藤相比，说到各种笔墨都可以得到施展的，棕榈树也像是合适入画，大笔小笔枯笔润湿之笔都可笔笔相加在里边，破墨法用在棕榈树上尤其好，其棕榈主干之上的残枝断梗，一笔下去，入主干的部分已被淡墨破开，没入主干的部分依然墨如硬铁，煞是好看。曾在杨中良的画室中醉眼看一幅白石老人的四尺棕榈，那天本来喝了一场大酒，走路都要人扶，一看到白石老人的这幅棕榈，当即便酒醒一半，从此信是好笔墨可以醒酒，原不必什么醒酒汤。

说到紫藤，北京晋阳饭庄植有一本，盘屈狂怪，龙蛇乱走，一边吃饭一边隔窗看去，繁花真是一如紫云！据说这株紫藤是纪晓岚当年亲手所植。北京的各种旅游册子上，介绍到晋阳饭庄每每都要说到这株老藤，许多人，也不是专门为了看这本紫藤才去晋阳饭庄，但每每去那里吃饭便不由得看起来。但在我的眼里，总觉得这本紫藤没有青藤书屋的那株好，青藤书屋之西墙与院子里的西墙间距不足三米，而那本紫藤便长在这不足三米的过道的北边墙下，墙下叠有山石，那株紫藤老干屈屈，上上下下，书法绘画之笔法都在里边。

北京有一种小吃，是藤萝开花时的时令小吃，就是藤萝饼，味道和槐花的意思差不多，而我，却不知道这个藤萝饼里用的藤花是否就是紫藤的花。紫藤在北京广有种植，公园里到处可见。紫藤在南方也到处可见，开花也一如紫云，但是有人嫌紫藤长得太"啰里啰唆"，用"啰里啰唆"形容紫藤可以说是有创意。

画紫藤，不妨乱一点，但要收得住场。

沙窝萝卜杨柳青

就我而言，这次去天津有两大盛事：一是吃沙窝萝卜，二是看杨柳青年画。吃海鲜倒在其次，吃海鲜的地方多矣，不能说天津海鲜不好，也不能说天津海鲜最好。但说到萝卜，天津的沙窝萝卜最好。杨柳青年画更不必说，可以说是津门二绝。

天下到底有多少种萝卜？不好说，胡萝卜和黄萝卜不算在内，只说白萝卜就有很多种。天津的沙窝萝卜属白萝卜的一种，但颜色沉绿，一根萝卜倒只有三分之一是白的，切开，心儿也是绿的，好有一比，像玻璃种的翡翠，而且水分特别大，特别脆，一根萝卜用快刀拉成长条块儿，以盘呈上来，顷刻间便被人吃光。水大、脆、甜，沙窝萝卜把天下萝卜的好处都占尽了，难怪风行世界。说天津的沙窝萝卜风行世界并不夸张，据说日本、美国、英国、法国都十分欢迎沙窝萝卜，其包装也以水果的身份出现，一个纸盒包三四个，而且价格也不菲。沙窝萝卜有水果的好处，而水果却未必有沙窝萝卜的好处。天津有一句话是：吃了萝卜喝热茶，火儿得大夫满街爬！可见萝卜的好处。在杨柳青吃沙窝萝卜的时候，朋友告诉我吃萝卜的秘籍，那就是拿起萝卜往地上摔，哪个萝卜落地即碎你就吃哪个，保准好。吃竹笋也是这样，你到菜市场买刚运来的竹笋，你最好挑那些落地摔碎的，样子不好看，但硬是好吃。再说沙窝萝卜，切好装盘，一上来就气度不凡，颜色碧绿，而且水灵！圆头圆脑的心里美萝卜也不错，颜色一如浓胭脂，你用手抓有时候会把手指都染红！但吃口上绝赶不上沙窝萝卜，没沙窝萝卜那个脆劲！我以为沙窝萝卜最好做餐后水果，吃完饭，切一盘上来，清口助消化！我总以为，杨柳青年画上边落了一只蝈蝈的那根大萝卜就一定是沙窝萝卜。

　　杨柳青年画当年在中国年画中占有非同小可的地位，有人说南方的桃花坞可以与杨柳青平分秋色！但我个人觉得天津的杨柳青年画还是要比桃花坞的好。杨柳青年画现在在工艺上还是按老方法一步一步地做，先打印线条，一板两板地打过来，然后是上色，一个师傅上一两种颜色，而且是表演性质的，让游客知道年画生产的流程。这就和过去追星赶月地赶大活儿大不一样，杨柳青年画的生产规模和当年简直是不能比，想当年快要过年的时候全国各地该有多少人在这里等着，该有多少辆大车在这里等着！一大车一大车的年画打包好日夜兼程地拉往四面八方，一过年，家家都等着要贴新年画，就是再穷，也要把去年的旧年画揭下来换上一张新的。想想，当时民间的需求量该有多么大！现在在家里挂年画的毕竟少了，有朋友送我七八轴杨柳青年画，胖娃娃大美人关公秦琼我都有，但我会挂吗？我把它们都收在一个箱子里让它们寂寞着！只是偶尔想起来的时候会取出来看看，看看那老大的鱼和那笑嘻嘻的胖娃娃。现在挂年画的人家很少，杨柳青的年画都当作工艺品装裱了做礼品送人。年画制作在工艺上越来越讲究，其神韵却越来越不如以前，以前的生产量太大，上色的师傅是意到，意到即可，错版叠色时有发生，但出来的效果绝对独到够味。就像景德镇画瓷活儿，以前的师傅一天要画五六百个瓷碗，手脚是越来越快，笔下的功夫也越来越好，远比我们现在去瓷厂画着玩儿犹犹豫豫出来的效果好一百倍！过去的年画，过去的画瓷，为什么看上去十分够味儿？就好在熟练上，熟能生巧，熟能生韵，活儿越多，练就的功夫就越好，其味道不是十天半个月画一回的人能与之相比！艺术上的事，通过努力，我们往往可以达到精细入微的境界，但要想达到率性自然粗放大美却是一件十分难的事，是学不来！拿现在杨柳青的年画和半个世纪以前的比比，还是半个世纪前的年画大有味道。这样说，不是说现在的杨柳青年画就不好。

据说杨柳青年画一年要从画上走下一个大美人，只是不知这大美人都去了什么地方？

吃田苣者

年年春风一起辄让人想念田苣。

田苣的种类实在是太多，短叶泛微红的算是一种，叶缘带锯齿的又算一种，长叶而叶缘不带锯齿的又是一种，还有一种名叫"鬼遁苣"的，其名字怪里怪气令人不可思议。总之你五六月去地里，可以挑到许多田苣，但最好吃的应该要数刚刚露头的田苣嫩芽，鼠耳长短，下边的根却白嫩且长。这种田苣一般长在耕耘过的松软的地里，春天的地一被耕过，被太阳再晒过，别说田苣愿意生长，人脚踏上去也舒服。如果在硬地埂处，田苣会长得根短且木老。如在水渠边，叶子会长得蓬蓬勃勃但根子却不长。现在的人们吃惯了鱿鱼海参烧鸡烤鸭，端上一盘罐头田苣做的小菜往往颇受欢迎，会顷刻间一扫而光，这是倒退数十年让人料想不到的事情。在中国，用野菜做罐头还是近事，不会很远。野菜罐头里我以为要数蕨菜罐头为最好，蕨菜在我的故乡东北只食其肥嫩的根部，蕨菜的样子很好看，柔曼而古老，翻译小说的封面常常用它来做图案不是没有道理。

田苣与苦菜有区别，但又不易于区别，苦菜叶子泛灰，而田苣的叶子多多少少带些微红。苦菜好像怎么用水泡都有一股子苦味儿，而田苣则不同，倒微微有些甜。在北方的乡下，吃田苣有两种方法：其一是用开水汆，冷水久浸，谓之沤，把绿色渐渐沤转为赭黄，这时的田苣的苦涩味道会稍杀，连那汤也能喝，据说可以清火明目。在中国，几乎是什么东西都可以用来治病，牛溲马勃，各有擅长。其二是在秋季采大量的田苣，用开水汆，一团儿一团儿地团起来并挤去水分，挤得几乎无水分可再挤，然后把团好的田苣团子塞到一个小口的瓮里，塞满，再在瓮口填满槭树的叶子，叶子也要压紧，最后把瓮口朝下倒立于寒凉的闲房子里，这样的田苣可以吃一冬。据说越到后来味道会越好。1989年的冬季我与学校里的一位同事去监考，中间去看了他的亲戚，回来的时候就包了五六团黑乎乎又微微泛绿的东西，一问，竟是田苣，这很让我吃惊，于是便知道了上边说的储藏田苣的方法。这乃是民间的研究成果，为活命而攻克的课题，饥饿会使一个人很快就聪明起来。在不虞衣食的年月里，人们吃田苣不过是为一换口味而已，田苣怎么说也不会比大白菜鲜嫩可口，大白菜可以包饺子，田苣可以包饺子吗？没听说过。让你天天吃田苣你肯吗？我想人人到时候都要退避三舍。

　　野菜里通年可吃的可能只有田苣，其他如苋菜、灰菜、沙蓬菜，则似乎不能。蕨菜一老则更不堪吃，但荒旱之年要除外。我想荒年里会出许多野菜专家，他们不但要会认野菜，而且还要会吃，还会除野菜的苦涩之气。我想我们的先祖神农氏可能就是一位整日被饥饿驱使的人，这简直是肯定的事，要不，他怎么肯把千百种野草一一尝来？

　　大暖棚栽种的田苣不叫田苣而是叫"莜麦菜"，个头也硕且大，与小白菜相仿佛，但味道远不如地里的

79

田苣，没有那份儿苦涩，亦没有那股子荒野之气耳。

让人更弄不懂的是为什么要叫莜麦菜？莜麦和这种菜

又有什么关系？莫名其妙！

杂说萝卜

　　那年我去菜铺里买菜被吓了一跳，原因是看到了那么大的萝卜，从来没见过的大萝卜，几乎有水桶粗，却要比水桶更长，竖起来可以与我的肩齐。一大堆萝卜都那么大，横七竖八堆老大一堆却无人问津。问题是太大，买回去一根一下子吃不了，如果腌萝卜，恐怕一口大缸刚好能放三四根而且还会腌不透。真是大而无当。我被它吓了一跳，就偏要买一根回去，肩扛着，就像扛了个白白胖胖的小孩儿。回去才叫了苦，倒不是它空了心，而是水分出奇的大，一刀下去，萝卜汁就溅到你的脸上。这是什么萝卜？我想不出，问别人，有人说这可能是河滩上种的萝卜，我倒相信这萝卜在地里的时候肯定被上了什么激素，它受了刺激，就没头没脑地瞎长。

这萝卜挺可怜。

我的父亲爱吃萝卜，那种青皮萝卜，一刀切开，里边是好看的红红紫紫，真正是心里美，切成一牙儿一牙儿的，生嚼上吃，甜且脆。冬天把这种萝卜储藏在四壁结霜的小仓房里，上边盖些湿沙不让它冻着，可以吃到春天。春天一来，萝卜顶子上会生出娇娇嫩嫩的黄芽来，母亲把这种萝卜顶子切下来，养在水碗里，会开出一嘟噜一嘟噜的小紫花来。在我还住平房的时候，每年都要储存许多这样的萝卜，当然还有山药蛋、胡萝卜。胡萝卜在冬天里炖羊肉吃，羊肉切麻将块儿先炖，入几粒川椒，快熟的时候再把胡萝卜推到锅里一起炖，少放盐，八角亦不可多放，味道特别的厚而鲜美。胡萝卜要紫红的那种，颜色越深才越好，颜色淡则味薄。

北方人好像是一年四季总有萝卜吃，白萝卜擦丝煮小米粥，临食时撒入炝好的葱花椒盐，味道真是很美。黄萝卜，好像生来就是专门要用来腌泡菜的，妙在微酸而脆嫩可口。胡萝卜吃饺子也好，但必须与羊肉为伍，如与猪肉搭档就太离谱。还有春季的水萝卜，南京叫杨花萝卜的是也，一年四季它最早下来，生咬上吃，蘸好黄酱，多好。鲜嫩的萝卜缨子味道也极好，一派清鲜。水萝卜是季节性的，一过春天就不见了，那粉红好看的颜色似乎专门是为了点缀春天的。

齐白石老先生飨客往往以萝卜，心里美的那种，一牙儿一牙儿胭脂似的端上来，辄有人为怪，说白石老人怎么可以用萝卜来飨客呢？萝卜怎么就不能用来飨客呢？既为蔬菜又可以当水果来吃的除了萝卜还有什么能让你一年四季都吃到？

萝卜好！

说　藕

　　在我的印象之中，晋阳湖好像是年年要产大量的藕，所以太原好像大半年都能吃到很好的鲜藕。太原把藕叫作莲菜，南方不这么叫，我的故乡东北也只叫一个字——"藕"。

　　洗藕是一件让人高兴的事，把粘着湖泥胳膊粗细的藕放在水里"咯吱咯吱"地洗，一会儿藕就白了，白白嫩嫩的真想让人咬它一下子。我个人认为藕以生吃为最好，切片，一片一片爽脆地生吃，做熟了，味道就差多了，颜色也变了。藕生吃，好在生鲜，生吃鲜藕，好像能闻到湖水的味儿。

　　说到藕，我就总会想到一个女人，一个长得很漂亮的妓女，解放前她嫁给一个国民党军官，解放后她又嫁

84

给一个厨子，为什么会嫁给厨子，用她自己的话是："我不会做饭，也总不能饿死！"

但这个女人很会做藕，把洗净的江米填到藕洞里去，然后上笼蒸，蒸熟了再切，一段一段地蘸白糖吃，要不就把鲜虾一个一个地塞到藕洞里然后包上浆去炸，炸得金黄金黄的好香。这个解放前曾做过妓女的女人很善良，她很喜欢孩子，喜欢和孩子们一起玩扑克，嗑瓜子，但家长们却不喜欢自己的孩子和这样的人玩儿。她终日寂寞，后来她养了一群鸡，她给每只鸡都取了名字，有一只鸡叫"刘培文"，这很怪。

藕的吃法似乎很多，煎炒烹炸好像是都可以。但最好的吃法还是爽脆地生嚼，但要切片，没见过有谁拿一大段藕在那里愣头愣脑地啃。

太原一带不知道吃不吃藕的嫩秧，在北京，藕上边生发的小芽叫"银苗"，汪曾祺老先生在一篇谈吃的文章里说他不明白什么是"酱银苗"。我给他写了一封信。

明人吕毖所选著的《明宫史》中记道："六月初六日，皇史宬古今通集库、銮驾库晒晾，吃过水面。外象赴宣武门外洗，初伏、中伏、未伏日亦吃过水面，吃

85

'银苗菜'，即藕之新嫩秧也。"银苗菜极嫩者颇有几分像莼菜，但柔滑稍差之。莼菜在各地都有的卖，装在罐头瓶子里的那种，味道与鲜莼菜是一个天上一个地下，不可同日而语。论味道，好像连新鲜的银苗菜都不及。

银苗菜，藕之新秧也，想必最早是平民百姓的桌上馔物。

说香椿

　　在我的印象里，延庆人像是特别能吃树叶也善吃，那次和华夏在延庆吃饭，我数了数，桌上差不多就有四种树叶。树叶儿好吃不好吃？起码是不难吃。如与大鱼大肉搭配在一起，它还会变得十分好吃，如单摆一桌子树叶儿，一盘儿一盘儿的都是树叶儿，那就会是一桩苦差事。那次去延庆龙冬也在，他把桌上的那盘柳树花叫"柳树的小麦"！那东西可不是像小麦穗儿，小形的麦穗儿。

　　各种可以吃的树叶儿里，我以为香椿最好吃，几乎可入珍馐之列！香椿刚下来的时候是紫葳葳的，颜色真是好看，这时候的香椿也最嫩最香，切碎了炒鸡蛋最好，亦最香，香椿炒鸡蛋卷薄饼很好吃，比春饼好。说到香，香椿的那个味儿是有人喜欢有人不喜欢，但喜欢的人还是居多，卖香椿没有论斤论两地用秤称，都是一小把儿一小把儿地卖，买香椿的也不见一买一大捆，再说香椿芽也捆不成一大捆儿，香椿是稀罕物，是尝鲜，是吃个稀罕，是少许胜多许，没见过谁家每人捧一大碗香椿在那里大吃特吃，香椿这东西以拌那么一小碟儿放在桌上大家吃为宜，是少了才香。香椿这东西，在我们那地方也就这么几种吃法：一、香椿炒鸡蛋，黄绿相间，看着就好。二、香椿拌豆腐，香椿先用开水焯一下，紫色的香椿芽一焯便变为碧绿，以其拌豆腐，加一点香油和盐，是一道下酒的时令菜。三、香椿切碎了用盐腌一下吃面条也不错。这都是香椿还嫩的时候，香椿一旦老大，叶子一旦展开，便可以用面糊拖了用油炸了吃，有几分像日餐里的"天妇罗"，味道很冲，很香，就酒也不赖，嚼之有声，不就酒也好。

那年我在太行山里，晚上出去散步，看见一家小店铺里还亮着灯，有人在灯下做活计，是在用盐揉香椿。我当时就想带些太行山的香椿回去，那家的女主人说明天你来取就行。香椿用盐腌好可以吃很长时间，腌过的香椿从颜色上看像是老砖茶的叶子，吃的时候加一点点香油，真是耐嚼，越嚼越香，味道很是特殊，比鱼腥草好，最宜下酒。

在南方，好像是很少能见到香椿，也卖得很贵，小商小贩也不愿千里迢迢把香椿拿到南方去卖，我想还没等到地方，香椿可能早已经给捂坏了。很奇怪的是，在我们山西北部，有臭椿，但就是没香椿。臭椿这种树，完全是自作主张想在哪儿长就在哪儿长，没人去种。忽然，咦，怎么这地方出了棵臭椿？咦，怎么那地方也出了一棵？好家伙，房顶上居然还有一棵！臭椿的叶子不能吃，但也不难看，披披纷纷直堪入画。但在我们山西北部也不是完全不可以长香椿，大同西街华严寺方丈的窗外就曾有过一株，但总是长不高，那张姓的方丈和我的关系很好，几乎是年年都会给我一点香椿芽，那株香椿树太小，总也不往高了长，上边能有多少香椿芽呢？那点点香椿芽真是让人感念。但这棵香椿树后来还是死了，山西北部的气温是太低了，有时候会冷到零下三十五六度。有一个故事是，某户人家的小媳妇受了委屈，不敢在屋子里哭，只好跑到屋外，哭着哭着忽然睁不开眼了，眼皮儿早已经给眼泪冻住了！

香椿很香，除了炒鸡蛋，没听过有谁把它和肉丝一起炒的，我也没吃过。也没听人说过用香椿包饺子、包包子。直到现在，光看树干和树叶子我还分不出哪棵是香椿哪棵是臭椿。香椿树上长一种虫子，是甲壳虫，红褐色，据说用油炸了很好吃，比蝉好吃。

香椿和臭椿属不同科植物，虽然叶子极为相似，其区别如下：臭椿树为奇数羽状复叶；香椿树是偶数羽状复叶；香椿的果实为蒴果，而臭椿的果实为翅果，秋风一起，打着旋儿往下落的就是臭椿树的果实。小时候我们把它叫作"螺旋桨"，从地上抓一把往天上一扔，看谁扔得高扔得远，扔得越高飞得越好看！臭椿树的叶子很臭，但它的果实可能不臭。可以证明臭椿果实不臭的，是羊很喜欢吃臭椿的果实，常见一群羊聚在臭椿树下，你挤我我挤你，嘴头子都动得很快，吃得非常认真。

第二辑　吃的品味

被愚弄的水果

　　热带水果我比较喜欢榴梿和芒果，红毛丹和火龙果只是漂亮，味道却不怎么样。榴梿的味道怎么样？是滋味丰富而难以比方，不是臭，却绝对也不是香，像是大葱放坏了的那种味道。好榴梿闭上眼睛吃有几分像乳酪，就口感而言绝对不像是在吃水果。我个人爱吃榴梿，曾著一长篇小说，书名就是《榴梿榴梿》，知我有此好的熟人朋友过来小坐，常常会携一只榴梿过来剖而共食之，一边喝茶一边吃，这边吃得不亦快哉，但那边也许有人在捏鼻子，那满屋子的榴梿味儿，要开门开窗老半天才会跑光。榴梿好吃不好闻！连最爱吃榴梿的人也没听过说它好闻！而芒果却几乎让你闻不到什么味道，芒果的品种太多，大大小小的芒果上市的时候常听买芒果的人问大的好还是小的好？卖水果的人善于察言观色，你要小的他就说小的好，你要大的他就说大的好，就好像你去买青椒，你说辣吗？他马上要问你是不是不爱吃辣，你说不爱吃，他就说这青椒不辣，你要说爱吃呢，他马上就会说那你可就买对了！菜贩子的这种做法几近愚弄。

三十多年前，热带水果还不好运到北方的时候，家大人有一次带我去看芒果，排了好长的队，记的那地方是展览馆，排队参观芒果的人从展览馆里一直排到街上，再从街上一直排到了城门口，那时候城门还没有完全拆除。都说是要看毛主席送给工人代表的芒果，什么是芒果？芒果是什么？北方的人们都不太知道，那排长队等着人们去参观的芒果便被蒙上了一层说不清的神秘色彩。及至一点一点挪动着进了那展览馆，到了地方，高处的台子上是一个不太大的玻璃罩子，罩子里是一个黄黄的拳头大的长圆形果子，只一个，而且是——塑料的复制品！小小的我当时就有说不出的失望，及至后来可以大吃芒果，我还常常会想到这件事！举国上下有组织地去仰瞻一个果子的塑料复制品，在中国历史上可能也就这么一次！在世界历史上也许还未曾有过！倒不知是水果在愚弄人，还是人愚弄了水果！

榴梿可以入馔。在广西，有一次朋友请我去吃榴梿饺子，我们打了车去。在此之前，我吃过榴梿酥，是甜点，像春卷，但要比春卷小，一口一个，因为经过油炸，里边的榴梿经热而稀释，吃起来不怎么过瘾。广西的榴梿饺子大有创意，鸡胸肉用刀背斩成泥，入微盐腌一会儿，然后把榴梿再搅进去，饺子包好后要上笼蒸，吃的时候蘸一品鲜酱油，口味是甜咸兼有。好不好？还真不好说，问题是中国饺子没这个路数！再一次，是我请朋友吃榴梿面条，味道还不错，榴梿和鸡胸肉先煮，然后把面条下在里边，味道很特殊，但总觉得还是有些单调，没炸酱面那么味感敦厚，榴梿这水果一煮便稀汤寡水，想让它黏稠起来也许要两三个榴梿才可以，再一次我便买了三个榴梿，榴梿好像只能用鸡胸肉搭配，鸡胸肉用刀背斩成泥，先下锅煮熟再下榴梿，这一次的结果是榴梿"汤"煮得很黏稠，面条是清水另煮，吃的时候再把"榴梿浇头"浇在上边，味道根本就说不上好，只是你爱吃那一口！味道不像中国面条！倒有几分像意大利面条！中国面条儿从阳春面到北京炸酱面，从宽汤面到不见一点汤的面都没这个路数！

从榴梿再说到芒果，在近百年的历史中，水果充当了如此大的政治角色也就那么一次。现在想想，不管是水果愚弄了人还是人愚弄了水果，但芒果还是好吃的。

吃吃烧鸡

苏联诗人马雅可夫斯基有一首极短的诗，只几句，相信人人都可以背得下来："喝喝美酒，嚼嚼松鸡，你的末日到了，资产阶级！"当年真不知有多少无产阶级的苏联人在心里念着这首诗冲向了前线，或者是冲到了贵族们品啜下午茶的客厅，名贵的细瓷描金茶具一时"叮当"俱碎，闪闪烁烁化作满地碎片，瓶花也不再安妥若梦，纷纷零落，成了满地令人不堪回首的历史！苏联革命，几乎杀光了沙俄时期的贵族。到后来，人们才知道纯粹的无产阶级世界毕竟不那么好看，也不合理。一个只有常青树的园林虽然十分碧绿却毕竟色彩单调。现在捧读历史，倒一时不知道"贵族"二字究竟该怎么解释。再读一下我们刚刚过去的历史，也不能明白要一部分人"先富"起来是什么意思，是不是让他们先行一步去做贵族？但要知道做贵族光有钱不行，先富起来也只能说是先有钱起来，并不能说先贵族起来。说到马雅可夫斯基的这首小诗，我宁可诗里的"松鸡"不是松鸡而是"烧鸡"。因为没人会对烧鸡有意见，那种有嚼头的，喷香的，用松柏枝熏烤的，稍咸的，可以用手一点一点撕下来，一边喝酒，一边慢慢咀嚼的烧鸡，现在这种烧鸡几乎没了。如是两个朋友，每人来半斤高粱白，再来一只彤红油亮的烧鸡，从山西最北端坐火车一直到山西之最南，路途虽不能算短，但因为有了烧鸡和酒，你绝不用担心时间过得太慢。

莫泊桑的名篇《羊脂球》，里边写到了主人公羊脂球带的那一篮子美味，里边有一道"带着肉冻的小鸡肉"，真是诱人。可以让人想象羊脂球那一双胖嘟嘟的小手当时是怎样慢慢细致地在小鸡肉上忙来忙去，她把小鸡肉拆分开让同行的每个人都吃到那么一点，到后来却落了个一人向隅不再有人理睬，只有她自己的眼泪慰藉她受伤的心灵。

中国的国土面积不能说小，但大大有名、与鸡有关的名吃像是也就那几样，如果把德州扒鸡也算进来的话，我们熟知的也不过符离集的烧鸡，杭州的叫花鸡，云南昆明的汽锅鸡，江南骨里香扒鸡等等，近几年的德州扒鸡给人的印象不怎么好，鸡小不说，且都好像已经不是鸡了。尤其包装好出售的那种就更不好，软是真软，烂也是真烂，但味道是一碗温开水，不凉也不热，没什么意思。我和朋友曾为了吃一口真正的德扒，去了德州扒鸡的那栋高楼，楼可真够高，抬起头要想看到楼顶，头上的帽子非掉下来不可。但鸡还是不怎么样。我们谁希望吃鸡就一定要吃到十分软烂的？我以为那只是现代的加工工艺所致，不烂也不行，水分不大也不行，现在普遍的各种鸡水分都大，水分是钱。这倒让人怀念内蒙古卓资山的烧鸡，熏得很干爽，有嚼头，也只能慢慢嚼，也只能一点一点品，真是好吃。据说这样的鸡熏也要熏很长时间，把水分慢慢耗掉一部分才好吃。

西方人喜欢吃鹅，南方人喜欢吃鸭，北方人喜欢吃鸡。鸡身上最好吃的部位不是鸡大腿，也不是鸡胸，而是鸡肋。马雅可夫斯基的那首诗如放在今天，人们动怒的对象恐怕也许不再是那些所谓的资产阶级，而是诗人本人。人们会说马雅可夫斯基你真不是个东西，喝点酒，吃只鸡算什么，松鸡再贵，一只也就百十来块钱。春三月长江的野生河豚动辄几千一斤，上万也有。有一顿饭吃下来就几万的，怎么他们的末日还不见到来。

问题是，那些资产阶级的贵族的末日到了，另一些贵族又排着队来了，他们可不是只吃吃松鸡喝喝美酒那么简单，而他们又不是贵族，因为无产阶级的社会里边怎么会有贵族。

吃的品味

无一例外的是，人生下来就得张嘴吃饭，一天不吃也不行，而且一直要吃到死。传说中的道士辟谷不知谁见过，一天只吃三枚瘪枣而能鹤发童颜，我总是有些不敢相信。古人偏会说话，字字句句原都经过锤炼，比如"食色"二字，谁前谁后大有讲究，食在前，色在后，吃饱了肚子色胆才会像渔网样铺张开。饿着肚子色也不是色了，再好的色也不如一碗薄粥来得让人恨不得叫爹叫娘。"人是铁饭是钢"的意思是什么？铁若是打成一把刀，如果没有钢来镶刃子，又有什么用？所以说，卧室内可以"金猊香冷，被翻红浪"万种风情，可以"水精帘里颇黎枕，暖香惹梦鸳鸯锦"，绮丽得紧，但就是不能与乌烟瘴气的厨房相比。那原因是：厨房乃是人类一切活动的发动机部位。

那年我去湖南，看到那样大的月牙形的灶，当下就浑身开了眼。那灶唯我独尊地蹲在厨房当中，四边不靠，有独霸天下的意味，让主妇在那里上演精彩的节目，把鸡鸭鱼肉和各种鲜嫩的蔬菜做成一盘盘一碗碗一碟碟的菜肴让人垂涎三尺。灶上边是通气窗，那些腊着的鸡鸭肉便从天窗上方吊下来，在暗处看，上边有一点点闪烁的灯光，是油，欲滴未滴的样子，让人想到波罗的海的琥珀。

我是东北人，东北人做菜气势简直是粗放，东北有大片的森林，不怕没柴烧。肉大块大块地下锅豪煮，土豆也只一切两三块。我喜欢我母亲做的春饼，包春饼的菜里有绿豆芽、韭黄，鸡蛋摊得薄薄的再切成细丝，还有肉丝，味道很好。吃春饼的时候必定是春天，我们弟兄都比赛着要把春饼包得最大最好，一个个像煞小枕头，两只手捧着，饼烙得只有纸那么薄，看得见里边的内容。我母亲现在已经垂垂老矣，不烙春饼已多年。饭店里的春饼差远了。还有就是春卷，春卷和春饼是不能相比的，意思虽然仿佛，但太小，又经过油炸，没有自己动手的那种乐趣。再比如吃手抓饭，原是一种原始，也最直接，什么也不用，野蛮人一样直接下手。新疆手抓饭要用大量的油、羊肉和胡萝卜。大量的油，少量的水，先把肉和胡萝卜下进去，接着是大米，然后是慢慢把它焖熟。手抓饭油汪汪的，让人无端端地觉着日子怎么可以这样富足而光辉，一大盘一大盘油汪汪地端上来，有喜庆的味道。吃手抓饭讲究是大家席地而坐，然后是用手，这时候左手和右手是有严格分工的，右手在这时候就是调羹，抠抠捏捏，一球一球地往嘴里送。世界上许多民族吃饭都只用手。印度人和非洲黑人也是这样。说到非洲，非洲的女人不去打猎，却要到林子里去采集花花绿绿的虫子，非洲的那些虫子都好像过节日样盛装着，花花绿绿，风骚的样子，被非洲女人放在一大片叶子上带回家，便是道好菜。还有蚁卵，一颗一颗晶莹剔透，非洲人就在蚁穴边品尝他们的美味，就像我们在葡萄园里摘葡萄吃，那蚁卵也大，像剥了皮的小荔枝。非洲人是喜欢吃昆虫的，不知是什么蛹，小拇指大小，像我们的蚕蛹，珍藏着，客人来了才八蛮献宝样拿出来，在锅上"唰啦，唰啦"地炒炒，然后放在面糊样的汤里煮，然后亦是用手把那蛹一只一只从面糊里拖出来吃。非洲人捕大蛇，简直是奇特，一个人用布一层一层地把脚包了，包得很厚，然后，真是勇敢，把脚直伸到大蛇的穴里去，当然有人在后边死命拖他，拔河运动样的。那大蛇，在穴里居然愤怒了，一下子死死咬住那只脚再不肯放开，人们就这样把那条大蛇从洞穴里拉出来，那大蛇怎么会愿意，百般扭动着，但它扭动的最终归宿是进到了人的肚子里。非洲人和我们毕竟不一样，看过那么多的片子，就是看不到非洲人在那里读书，非洲的家庭里好像也不会有书，但一定有鼓，他们的生活是离不开鼓的，总是"嘭嘭嘭嘭"热烈地敲着，女人的臀部会摇成那样，好像不准备要那臀部了，要摆脱掉它，但又摆脱不掉。男人的舞蹈简直就是在那里做性交的演示。这就是原始，并不以性为丑。我不知道黑人的盛宴都会有些什么菜，虫子吗？一盘一盘美丽的虫子？中国人是不吃虫子的。我的父亲，用蚕蛹下酒，我看着就不舒服，用毛蛋下酒，我看着就更不舒服。看来看去，不明白父亲怎么会这样野蛮。

中国人的不可思议在外国人看来是吃饭的时候使用

筷子，两根细棍，魔术般夹得起小鸽子蛋。最细的发菜也会夹一丝起来，简直是绝技。还有用筷子在空中夹正在飞着的苍蝇的，这几乎近于魔道。我们家吃鸡，内脏全部会扔掉，看人家在那里细细地用一根细筷子一捅一捅地洗鸡肠子我就很难过。内蒙古那边吃羊，洗肠子不用水，割一块羊肺子，硬塞到羊肠子里边去，就那么一捋一捋，肠子就干净了，真是好办法。四川人整治猪头，会把猪头摆弄成一只大蝴蝶，人们就叫它蝴蝶猪头，半风干的，红光光的，灯光可以从那边照过来，可以做壁上装饰，眼神不好的人还会以为是一只风筝。这猪头并不怎么好吃，切了上笼蒸，是腊肉的一路。肥的部位呢，像琥珀。西藏的牛肉干，一条一条的，咬起来却十分的酥香，简直让人意想不到，是越嚼越香，怎么会？西藏康巴汉子好像都有一口白厉厉的牙齿，好像是为了强调他们的牙齿，他们把黄金派上用场，镶一两颗金牙给人们看。笑起来，就分外的光辉灿烂。想一想他们围在一起喝酒吃肉的光景，应该是金碧交错。再加上绿松石幽幽的蓝，珊瑚温润的红，琥珀喜滋滋的黄。价值千万的财宝都累累垂垂披挂在身上，这就是游牧民族。雪山是白的，草原是绿的，这两种大颜色中，多亏了金牙和珠宝让人眼睛不单调。

川菜是应该一提的。酸甜苦辣之中，好像是，数辣没有多少道理，但又让人没头没脑地喜欢它，让人有自虐的倾向而且舒服。舒服的事有时就难免让人出丑，鼻涕和眼泪是辣的副产品，一边吃一边擤鼻涕是吃川菜一大景观。还有麻，小粒的川椒的颜色和形状就像是荔枝缩小了几十倍，把人会麻得"索索索索"直吐舌头而四顾茫然。川菜好就好在要和人的肠胃起剧烈的冲突，就像烧刀子的汾酒，一入口，冲突便骤然而起。冲突有时亦是一种快感。而古越龙山的花雕则好在让人浑然不觉，是一种阴谋，悄然进行着，神不知鬼不觉的样子。和人是如鱼得水的，妥妥帖帖的，一旦醉倒则是身心俱垮。喝酒其实就是为了那刺激，为了那冲突，酒像暴徒样一下子入侵了，而肠胃呢，简直就是开门揖盗，好像是在说：你进来，你进来，请你进来。量好的酒徒，就像是古时的好捕快，再多的强盗，一入他的窠窝便被一一招安。而酒量小的人，让酒一窝蜂地进去，但很快就会马上又出来，不但出来，金银财宝也给掳掠了出来，

106

那金银财宝便是刚刚下肚的各色菜肴。川菜的品性实际上是野蛮的，风风火火的，是戏剧里的武场，是锣鼓的急急风，是一场有声有色的战争。一盆油汪汪的水煮鱼端上桌，你需要用筷子深入其中去拯救那鱼，那盆里全是红光四射的辣椒，若不及时把那鱼拯救出来，那鱼便好像不会再是鱼了。好了，面对那红汪汪的刺激，你有了洗桑拿的感觉了，那热辣辣的感觉在你的全身漫延开了。也就是，你简直就是被激怒了。这时候的酒倒像是变得温和了，简直是有几分谦虚了。吃川菜，只有泸州大曲才压得住那阵脚。日本清酒，不行，绍兴花雕，不行。汾酒照样的不行，汾酒到了这时候是只有刺激而声势不行，挂釉陶瓶的那种浓郁的泸州大曲一上来，川菜的气焰才会稍稍收敛，调和了，好像经过了谈判。茅台当然更好，打开一瓶好茅台，那酒香便会一下子把川菜的气焰打下去。川菜好在哪里？好在和肠胃起冲突，川菜培养出一代一代的四川好汉子不是没有道理的。麻婆豆腐好在哪里？好就好在一点点硬性都没有，豆腐其实就品性而言只能是十五六岁尚未长成的小女儿，不可以再嫩。但麻婆豆腐的好处就在于软性中掩藏着刻骨的锋利，简直就是刻骨。这道菜在那里好像说：让你再说我软，你看看我软不软。这是以辣味做主帅的一道菜。川菜的气势原是铺天盖地，如和杭州菜相比，那简直是白脸秀目的秀才遇到黑脸的胡子兵，有理说不清。怎么说呢，杭州菜只好在那里和淡黄酒谈情说爱卿卿我我，到后来，再滑溜溜地让莼菜汤把感情滑到不知何处。

中国人造字，真是妙得可以。"品"字是三个口，一道菜要吃出味道还真是非要吃到三口不行。或者那意思又是在申明一个人吃了还不算，要三个人一起吃吃才算。我们一般吃饭，原是不能用品字的，只是吃。民间的说法之一是喂脑袋。这是素描式孩子的说法，仅停留在观感上。看一个人在那里埋头吃饭，那饭果真是给喂到脑袋里去了。

有一种梨，软得不能再软，还有一种苹果，怎么也可以那样没有筋骨，绵软得毫无道理。我都不爱吃，我爱吃有嚼头的。从我家往西，华严寺门口有一家烙烧饼的，现在却不见了，这一家的烧饼烙得真好，黄黄的，皮壳是脆脆的。我常去那里吃，现买现吃，如果放在塑料袋子里拿回去吃，那烧饼给热气一捂就不好吃了。我常在烙饼的炉子边吃烧饼，熟人见了辄以为怪。说，烧饼有什么好吃的？我就告诉他，品味吃，有时候不能单单品味味道，比如酥和脆，是给牙齿的安慰。比如筋道，也是让牙齿来享受的，亦是快事。海蜇皮，有什么味道？可以说没什么味道，只是给牙齿带来些快感，脆脆的，好像是在施虐，海蜇丝拌白菜丝是一道下酒好菜，但海蜇丝一定要用开水烫一下才好，眼下饭店为了给眼睛好看，却在那里欺骗人们的牙齿。满满的一盘，用水发过了头，比粉条都软弱无力。还比如臭，世界上，嗜臭的民族并不仅仅只有中国，榴梿臭不臭，但远远比不过臭豆腐，臭豆腐之妙全在于简直就可以与某种东西做嫡亲的兄弟，但好吃。吃臭豆腐的时候，心理上微妙的变化亦是一种享受，比如，有那么一点鬼鬼祟祟，有那么一点对不起别人的感觉，如果全家人一齐上阵大干，便会在心里产生一种集体堕落的快感。

总结吃，总是这四个字：甜酸苦辣。只不过是一种粗疏的概括。

说到品味，我相信是可以写一篇世间最大的文章，我们往往只谈怎么吃，怎么品味，很少有人谈吃不到饭挨饿的滋味。倒很想读到这样一篇文章，题目不妨就叫作《品味挨饿》。现在许多的少女甘愿挨饿是为了减肥，生活好起来，肥胖的人渐渐增多好像并不是一件好事，人毕竟不是鸡鸭，要那么肥做什么？沈从文先生说看到一个很胖的女人从路那边走过来让人心里很难过，如果看到很多呢？一个一个肥胖地过来过去，而且是络绎不绝，那非但是让爱美的眼睛难受，我想男性公民的情绪也会因此而大受挫折。

惜　福

太谷天宁寺有三件宝物，一是北魏年间依山雕刻的大佛，比云冈石窟的露天大佛小不到哪里，一是宝刹后边山上宝蓝色的文峰塔，还有一宝是那两株明代的牡丹。我去天宁寺，每次去都要转一转塔，喜欢它的道理说来可笑，就因为它叫文峰塔，它和雷峰塔只差一个字，似乎是兄弟，以峰字排。文峰塔边有一株树，树已经很老了，有多大的树龄不好说清，树干老到疙里疙瘩，猛看像只狮子，这样的一株树对着那样一座塔，凭空给天宁寺多了些神秘。我去天宁寺，遗憾的是总等不到那两株牡丹开花，但什么事都不可能十全十美，有点遗憾也好，让你想着去弥补。每年五月牡丹开花的时候我都会在心里想：天宁寺的牡丹别来无恙乎？

那年去天宁寺，正赶上文殊菩萨开光，也就是那次我认识了妙钟老和尚，那次开光请的是五台山茅蓬的乐队，茅蓬的长老岁数比妙钟法师小，因为两位这样的老和尚同时出现，谁坐主位似乎就成了问题，后来这个问题得以妥善处理，人人都觉得皆大欢喜，处理的方法是二位长老同时并坐主位。我据此写了一篇小说，小说的题目就叫《开光》，发在当年的《青年文学》上。妙钟长老现已作古，关于他，我记着两件事，一件事是我陪他吃饭，一起吃饭的还有另外几个人，妙钟法师每顿饭都离不开辣椒，红红的一碗，放在他的面前，法师是南方人，每餐必是米饭，吃一口饭，咬一口辣子，吃一口饭，再咬一口辣子。出家人的饮食简单朴素，青菜、山药，好一点的再加个蘑菇，或者是豆腐，再好，是油豆腐。老法师吃的也是这几样。吃饭间，我看到妙钟法师总是小心翼翼地把掉在饭桌上的米粒一粒一粒捡起来放在嘴里，饭吃完，碗里是干干净净，他面前的菜盘子也是干干净净。那一次，已经吃完了饭，妙钟老法师忽然弯下腰去，把地上的什么捡了起来，是一个米粒，我低头看着妙钟法师，忽然让我感动的是老法师已经把从地上捡起来的米粒放在了嘴里。从那以后，我吃饭都十分的干净，吃多少，取多少，吃完饭，碗里盘里要求干干净净。这就叫惜福，懂得惜福的人，福才会越来越厚实，福才会离你越来越近，难怪老法师一直活到一百〇六岁，从来没病，忽然圆寂。从那以后，作画我也从不敢浪费一点颜料，写完字，墨碟里的墨都要用干净，画完画儿，颜色也要用干净。这也是惜福，惜福亦是一种修养，也是一种修炼。那一次，我和妙钟老法师坐着说活，说话间，不停地有客人来，每有客来，客人都要向老法师行出家礼，这边行出家礼，妙钟老法师当然要回一回礼，欠欠身子，或者是伸伸手做搀起状。我不是出家人，便坐在那里一动不动。没客人的时候，妙钟老法师忽然对我说："尊敬别人乃是尊敬你自己！"当时我愕然，我想我是不是什么地方已经非礼？我一直想了很长时间，最后终于想明白，一个人，你不懂得尊敬别人，那你怎么会得到别人对你的尊敬？人与人之间最好的关系乃是和谐，和谐是最高境界。其实不但是人与人，艺术讲的也是和谐，体育运动讲的也是和谐，建筑学、力学讲的都是和谐。和谐是大道。妙钟法师现在已经不在，我从他身上学会了惜福。其实，尊敬别人也是惜福，你不要以为自己钱多权大就不再需要去尊敬别人，可以说，尊敬别人是更高层次的惜福。

我现在吃饭，凡是盛到我碗里的我都要吃得干干净净，我桌前从不掉东西，或有，也要都捡起来吃掉。

百姓茶话

我的朋友祝大同兄，嗜茶成癖，天天不离手的是一杯清茶，忽然得了食道溃疡，医生便告诉他最好不要喝绿茶。镇日长坐，对一卷书稿，日影慢慢由东向西，终于昏黄四合，到了七八个星天外的夜里，窗外没有那一部天然鼓吹的蛙鸣，屋里却有电视节目里不知端底厮杀，因为没了茶，时光骤然变得索然无味。便分明让人明白了"吾家自有麒麟阁，第一功名是品茶"的条幅挂在那里原来要以身体好来做资本。

春日佳胜，赏心之事不能少的节目之一是看梅，之二便是品新茶。这点风雅不可没有，这点风雅可以说是对久居市廛的自己的一种安慰。看梅花也不要满天满地的梅花，只要那一枝两枝，七朵八朵，朱砂梅火炽醒

115

目，但终不如那浑如霜雪的白梅。看梅花自然是赏心悦目，而四处出去买茶虽风雅却是苦差事一桩。茶的名品，龙井自然是第一，现在到杭州，一出车站，一拥而上的便是那些兜售所谓的"龙井"的茶农，几乎所有的人都自称自己是地道的茶农，那茶早已一袋一袋地包好，待带回家去，兴致勃勃地一品之下十之有九便马上让人叫苦不迭，最不可信的便是那些袋装的茶叶。说到喝茶，最理想的当然是守着那茶灶，看茶农涤净指爪，徐徐将松毛柴升起，然后将新采的雀舌嫩蕊旗枪香芽用两只手，揉之、团之、散之、扬之、压之，那茶之芬芳自然会百倍地可人，但这不是人人能办得到的事情，清明前后或谷雨前后，能守一茶灶，哪怕得半斤八两新茶，也算神仙中人也。

买散茶，似乎不再像是隔着盖头看美人，终不能清清楚楚一睹芳容。可以把茶叶讨过来放手心里细细看，茶庄的庄主，这名号多么的雅，让人想起金庸笔下的人物。也许还会给你来一只小小的青瓷小杯，让你品一下，宋代的兔毫盏你现在是不用想了。水呢，天下第一泉，第二泉，或三泉四泉你也不用去想，更不用说《红楼梦》里梅蕊里收的隔年雪水和那清晨荷叶上的滴滴清露，也只是水龙头里一拧便"哗哗"然的自来水。但茶好就行，看得到、闻得着的还是散茶。

我的楼下便有两家茶庄，小小的茶柜上的青花瓷茶罐，让你想象这茶庄的家数，玻璃格子里每一格里的茶叶品样都让你想象茶山上那葳蕤的茶树。样品是好的，买回去的茶似乎也不错，却这一天忽然从茶叶里发现了烟头儿，想象不出炒茶的工人是否嘴里叼了一支烟。一边炒茶一边吸烟，自然有烟灰，但不知落到了哪里去，烟屁股却分明那么"噗"地一吐，便千里迢迢地在我这里了。这也只是一种想象，或也许是那茶炒好堆在那里，被谁把烟头随手一扔。那茶的味道还是不错的，但已经不能让人再喝，茶既不能喝，用来煮茶叶蛋又似乎在暴殄天物，送人，又似乎不妥，便只好洗，每次泡茶前都洗一下，洗绿茶，便明白了品茶家们不饮第一杯的高明。不知道他们是不是也曾从茶里头找出烟头。至此，才觉着还是守着茶灶为好，为喝茶计，是上上策。为那个烟头，询之茶庄，茶庄庄主蔼然而笑答："这只能怪你喝的是中等水平的茶。"茶庄庄主可能是不好意思

117

说"下等"茶，我的样子呢，可能也只好像了中等人。"要是上等茶呢？"我说。"上等茶要一片一片选来，绝不会有这种事。"茶庄庄主说。并从样品的茶袋里排出一些茶叶要我看，果然片片俱佳，每一片都似乎一样大，一样宽窄。一问价钱，却把我这个"中等"之人顿时吓住了，九千多一斤。以两个月工资去买一斤茶，我辈之中人实实的不能，也只好去做中等人或下等人。忽然觉得这茶似乎又不贵，汪曾祺老先生年轻之时在杭州："……在虎跑喝的一杯龙井，真正的狮峰龙井雨前新茶，每蕾皆一旗一枪，泡在玻璃杯里，茶叶皆直立不倒，载沉载浮，茶色颇淡，但入口香浓，直透肺腑，真是好茶，只是太贵了，一杯茶，一块大洋，比吃一顿饭还要贵。"以一杯放半两新茶算，两杯是一整两，二十杯是一斤，一斤新茶便是二十块大洋，但似乎又不能这么算，茶馆毕竟是茶馆，还要算水钱、柴钱、功夫钱、提壶钱、倒水钱、座儿钱，这座儿钱是前不久我在北京才明白的事情，去前门一小饭店吃饭，要一个爆炒腰花、一个清炒双冬，一个莼菜汤，三两米饭，结账时分明多出十元，招服务小姐过来询之，脆利的京白是两个字：

"座儿钱！"真不知那些二十世纪三十年代的穷学生在茶馆里，要一杯茶，占一个座头，在那里看一天的书，中午买一个烧饼，到了天将晚再离开时要交多少座头钱？

总之守着茶灶看炒新茶是一种想象，北方人的想象，而掏近九千的钱买一斤茶又似乎大离"中等人"的谱儿。无奈，也只能喝之前把茶洗洗，若将茶戒酒样地戒掉，分明又怕连这点雅都丧失，更要附到下等人的队伍里去了。说到喝茶，还是那句话说得好，"碰到什么就吃什么"。更何况不但饭是"吃"，人们也常说"吃茶"。但那起码要是茶，而不是烟头。

说来也不离谱儿，只不过想喝杯好茶。所谓好，一是要新，二是要干净。这真是太寻常的茶话，太寻常的风雅。想想，自己肯定不会去"自烧松子自煎茶"，也没那汪巢林的环境，在红尘滚滚的都市里又到哪儿去找那大堆的松子？能找到一份儿干净就属不易了。

只愿能干干净净地喝一杯寻常的茶。

关于小米

小米学名叫"粟"，黄米学名叫"黍"，许多人都分不清"粟"与"黍"。

黍在历史上的地位好像是要比粟高，古代做尺必离不开黍，十粒黍头对头排起来就是一寸，黍可以参与度量衡的制定，真是不能让人小瞧。而小米在生活中似乎要比黄米更重要，北方人，几乎天天都要喝粥，喝粥就离不开小米。坐月子女人，小米粥更是首选，早上一顿，中午一顿，到了晚上再来一顿。好小米熬出粥来是一派金黄，闻着也香，和大米完全不一样，大米熬粥就"棺材板"咸菜，再来两根油条，是北京的平民早餐。当然更北京的是豆汁焦圈儿加老咸菜，豆汁好喝吗？好喝，到了北京我天天都要喝豆汁，但豆汁再好都不可与小米粥同日而语。

　　我直到现在都不知道除了中国人，其他国家的人喝不喝粥，西餐中肯定是没有粥，在日本，好像也没有，韩国，好像也不知粥为何物。说到粥，北方的粥和南方的不一样，北方的粥简单，要变个花样也不过在粥里加些红小豆或绿豆，或者是和山药一起煮，喝山药粥，山药粥很好喝，黏黏糊糊，喝的时候还要炝些葱花儿在里边，很香。冬天我是要喝这种粥的，晚上，不吃别的，煮一锅山药粥，外边下着雪，屋里人在喝粥，直喝出一脑门汗来。那年我去天津看望孙犁老先生，老先生说起当年在山西大同繁峙养伤喝小米粥，犹兴致勃勃。

　　小米在五谷中最养人。身体弱的，大病初愈，都要靠小米粥来调养，没听过用大米来调养的。南方也好像不种小米，在南方，喝小米粥是一种讲究，不是生活中的常规性饮食。说到小米，再早，最有名的是山西"沁州黄"，产量极低，好像是只有面积很小的一块山坡地上出产的最好，煮出粥来颜色金黄，上边结一层"油皮"，口感特别滑爽。这样的小米当地人都不舍得用来吃稠粥，小米稠粥是干饭，但又和大米饭不一样，是黏黏稠稠的一团，临出锅要用勺子不停地搅，是搅作一团。小时候吃小米子稠粥，每人碗里放一块，然后趁热在碗里一颠一颠把它颠成个圆球。吃小米稠粥，菜码应该是山药丝老咸菜丝拌的凉菜，这凉菜又必得胡麻油炝几粒花椒才好，没听说过吃小米稠粥而吃炖肉，或炒一盘过油肉。小米还可以做捞饭，捞饭好像没小米稠粥那么好吃，小米捞饭好像是要有酸菜做菜码最好，也不宜大荤。所以说到小米是最最平民化的，说平民化好像也不对，大富大贵者也离不开小米，一句话，好东西谁都喜爱。

河北遵化的小米也好，颜色金黄不说，最好的地方是下锅十分钟就好，十分的黏稠滑溜，年年有人从河北往过带他们的小米。说到喜欢，我最最喜欢河北遵化的小米，因为它不浪费时间，很快就能喝到肚子里。但要说到好，灵丘的"东方亮"却非其他小米可比拟。灵丘"东方亮"小米经熬，粥熬好，喝到嘴里滑爽有加而米粒尚在，真正是粥的至高境界！如果喝小米粥，而不见米粒，那可能与玉米面糊糊差不多，北方人把用面做的近似于粥的饭叫"糊糊"，如果小米粥熬到跟糊糊一样，虽然小米的味道尚在，但已经不是粥，"东方亮"小米好，好就好在喝粥的时候米粒尚在，口感之好真是可以用"珠圆玉润"四个字来比方。

粟的另一个名字叫谷子。凡是中国人，几乎没人不知道谷子的，谷穗很好看，给人以沉甸甸的感觉，水稻和黍子都没它这种风度，高粱也没有，只有谷子，沉甸甸地垂着，在秋风里晃来晃去，给人以喜悦。谷子收割下来，不褪壳儿好像只能叫谷子，一旦脱皮，就只能叫小米了。在乡下，总是什么时候吃什么时候才脱皮，这么做，总能喝到新鲜的小米粥，小米有新鲜与不新鲜之分吗？当然有，刚脱皮的小米那个香！怎么比方那个香呢？还不好说，但就是香。如果是新鲜的"东方亮"小米，会更好，珠圆玉润的口感之外再加上小米独特的香。

我喜欢小米！更喜欢"东方亮"小米！

去年印度朋友到我家，我给他熬小米粥用的就是"东方亮"。后来与他再在北京见面，他还没忘掉那碗小米粥，他对我说，什么时候再到你家喝"东方亮"饮料？我笑着告诉他那是粥而不是饮料。在印度，可能也不喝粥，但我不知道他们那边有没有小米，金黄金黄的小米！

说黄米

　　南方的许多朋友不认识黄米，他们每每把黄米叫作"黏小米"。我对他们说，小米的颗粒能有那么大吗？知道不知道？这是黄米！每年端午，我母亲除了江米粽子还要包几个黄米的，母亲说黄米包的粽子粮食味更浓，江米粽子和黄米粽子两相对比，可不是黄米粽子的味道更浓一些。在北方，黄米的地位特别高，过年过节要吃糕，红事白事也要吃糕，要吃糕就离不开黄米。我母亲过年过节还会给我们蒸黄米饭，吃黄米饭要放糖和大量的猪油，味道很冲很特殊，是满族的遗风。黄米还可以做枣糕，一层枣一层黄米蒸出来，味道和江米枣糕不大一样。江米的学名叫"糯稻"，黄米的学名只一个字，叫"黍"，黍字又作"秫"。我的书房叫"黍庵"。朋友们和

124

我开玩笑，说，多亏你那黍没有剥皮，剥了皮就成了黄米了。在晋北一带，"黄米"是个隐语，人们把妓女叫作"黄米"。什么意思？这个词又是怎么形成的？谁也说不清。但"黄米"一词最迟在明代就已经有，《金瓶梅》里第几回我记不大清楚，里边就说到"找一个黄米头儿来"，明代的"黄米头儿"我想和今天的"鸡头"差不多。许多学者都认为《金瓶梅》一书的作者是北方人，更有人认为《金瓶梅》的作者是大同以南不远的山阴人，不但是山阴人，而且，作者还有名有姓，竟然是有明一代的阁老王家屏。如单单以"黄米头儿"这个词做依据，把《金瓶梅》的作者放到山阴还真不算太离谱，只是不知道除了晋北别的地方还有没有"黄米"这一隐语。如没有，这一隐语便是考证作者身份的重要线索。大同有个酒令，俚俗但不难听，"一条扁担软溜溜，我挑着黄米下苏州，苏州爱我的好黄米呀，我爱苏州的大闺女！"酒令不长，但转了一个韵，念起来特别俏皮好听，是下层人士的酒令，粗犷放达。让人感兴趣的是，苏州人吃黄米吗？他们用黄米做什么饭？苏州人怎么吃黄米我们不知道，但在晋北，黄米是家家必备，来

125

客人吃糕比包饺子省事，而且，糕的地位好像比饺子还高。吃糕就必须有菜，最低档也得有大酱，把糕擀成片儿，把大酱抹在上边，抹好酱再把糕片卷起来，卷好再切小片儿，切好的小片用手按一下再入油锅炸，味道很好，真是酱香浓郁！这样的炸糕片我可以一次吃七八个。在晋北，吃带馅儿的糕就必须油炸，馅儿一般都是素的，豆馅和菜馅儿，没听过吃肉馅儿的。在我的记忆中，大同上华严寺的菜馅儿糕就十分好，干净味厚，滋味悠长，可以与南京鸡鸣寺的双冬素面媲美，都是出家人做出来的美食。

黄米在晋北很少有用来蒸饭的，都是磨了面吃糕。新黄米磨面有一股特殊的香气，你想吃它本身的香，最好不用就什么菜，刚揣好的糕，你用铲子截一块儿白吃，真香，是真正的粮食香。我的朋友绍武喜欢吃什么也不放的面条，就那么白吃，连酱油醋都不放，一筷子一筷子挑来白吃，我也跟着试着吃了一下，还真不错，是粮食的清香！我个人还喜欢喝煮过面条的面汤，什么都不放，一碗面汤端上来白喝，很好！各种的煮面条汤最数豆面的香，也只能是煮过豆面面条的汤才可以，你要是打一锅豆面糊糊，就远不是那个味儿！张爱玲吃面，是把面条都用筷子逼到一边，只喝汤，喝完汤，面条都剩在了那里。但我不知道她喝的是什么汤，大概不是白水煮面条的那种面汤吧！

说到黄米我就总是想起当年乡下人背着黄米进城换玉米面高粱面的事，当时一斤黄米面大约换二斤或三斤玉米面或高粱面。我当时还小，我问我的父亲，乡下人怎么就那么爱吃玉米面高粱面？他们为什么不喜欢黄米面？我父亲皱着眉头看了我好一会儿，好半天说出两个字："混蛋！"又停了一会儿，父亲又补了一句："多饿你两天看你还混蛋不混蛋！"

大同一带，据说曹夫楼的黄米糕最好。怎么个好？据说狗把曹夫楼糕盆里的糕拉拉扯扯叼了走，人们追出去，狗一松口，那块糕又一下子弹回到了盆里！

山药谱

　　如果加起来算算，长这么大，吃得最多的蔬菜还要数山药蛋。年年冬天，究竟要吃多少，不好说。山药粥、炒山药丝、炒山药片、烤山药、山药泥，最奇怪的吃法是把纽扣大小的山药仔煮熟腌了吃。我没见过别人这么吃法，但我父亲这么吃过。好吃不好吃？想来也不好吃，一吃一皱眉，那是二十世纪六十年代，万物腾贵，吃口东西不容易！

　　一般讲，沙地的山药好吃一些，如果把山药种在河边，那就顶难吃。紫山药开白花，黄山药开紫花。紫山药的颜色真像是紫药水，但搁锅里煮煮，紫色就会全部消失掉。豆角里有一种叫"下锅变"的紫豆角，下锅之前是紫的，一下锅就没了紫色儿，真是怪。我

128

常想那紫色会去了哪儿？

　　晋北一带有水晶饺，其大无匹，两只手刚好捧一只，饺皮儿是透明的，里边是什么馅子，从外边就可以看到。这饺子皮儿就是用山药泥做的，但山药泥里要和少许面。这种水晶饺子只能上笼蒸，蒸的时候笼里铺新鲜的松针，味道有股子新鲜的松针味儿，但有人偏不爱吃！这种饺子如果下锅煮，便是泥牛入海，一笔糊涂账。

　　烤山药要到地里去，就地刨坑儿，把柴火放坑里点着，火将熄，把从地里掘出来的山药投进去，然后把坑儿埋好，连将熄未熄的柴火和山药全埋好，然后你可以去做别的事，或者一走小半天再回来，再把坑儿刨开，山药早熟了。用手把烤好的山药一拍一拍，打开，一瓢儿的松软沙白。或者到乡村的大土炕上去，坐在那里，一边说话一边剥食烤山药，外边或许正下着纷纷的大雪。

　　在城市里是很难吃到烤山药的。火炉子岂能烤山药，更遑论煤气灶。为吃一只烤山药南征北战地从市里跑到乡村又不合算。

新山药下来大约是六月，和颇辣的青椒同炒，临出锅时加新蒜，味道不让山珍！

种山药的农民自然也是卖山药的小贩，北方储存山药的方法是在崖头上打一个洞，约一人半深，然后把山药一袋一袋倒进去。在晋北，一家一户有时候可能拥有三四个这样的山药窖，储山药之前，要先把山药晾晾，去去水气，然后全家出动把小山药和烂掉的一一拣去。有一种山药农民是不卖的，即使卖，城里人也许还不会买，那就是在地里给核桃虫咬过的，这种山药味道最好，为什么？因为虫子懂，它们整天在地里钻来钻去以吃山药为生，当然知道什么山药最好吃！这种山药不好看但好吃，世间的事，不可思议者多矣。

不准备入窖的山药大多都做了山药粉，先把山药打得粉碎，然后放在大缸里不停地搅，缸里当然要有水，一遍一遍用力搅，一遍一遍地澄清，搅出一身汗，又搅出一身汗，捞去渣，水澄清了，山药粉也就成了，水下厚厚的一层，像雪。晋北农村的冬天是寒冷的，漫长的，除了圆白菜黄萝卜和豆腐还有别的什么呢？那就是粉条。晋北农村的饭食是朴素的，朴素的饭食又怎么离得开山药。

亲爱的山药。

三坊麻糖

　　三坊以前离县城还算远，有二十多里地，过年的时候，县城里的货栈都要套上车去三坊。去三坊做什么？拉油，拉干粉，拉红糖。人们都知道三坊这名字就是从油坊、粉坊和糖坊来的。虽说三坊离县城二十多里，但比起别的地方，三坊离县城就要近得多，所以三坊的生意当年相当的火。套车从县城出发过一座大石桥到把货拉回来用不了一天时间，人和车都不用在外边过夜，这就省了许多时间和燃嚼。到了后来，三坊的名气越来越大，比如，三坊的麻糖，人们看朋友走亲戚都要称那么二三斤，草纸一包，包上再压一张梅红纸，也真是好看，那好看是民间的好看。当年我在那里插队，回家没什么可拿的，差不多每次都要带些三坊的麻糖回去给亲

132

戚朋友。过小年，送灶神也要吃三坊的糖瓜，糖瓜的样子其实更像是大个儿的象棋棋子！这地方过端午节，吃粽子也离不开三坊的糖稀，这地方管饴糖叫糖稀，也许是叫糖饴，但发音却是"糖稀"。三坊的麻糖和饴糖好，好在是用甜菜头熬，这地方的甜菜好像也长得要比别的地方好，个儿特别大，甜菜的叶子黑绿黑绿的，可以用来做最好的干菜。所以有车去三坊拉货，往往还会带些干菜回来，这地方，吃素馅儿离不开这样的干菜叶子。三坊在全盛的时候据说一共有十八家糖坊，到我插队的时候还有两家，种甜菜的地有几百亩，甜菜的叶子很大很亮，是泼泼洒洒，特别的泼泼洒洒，泼泼洒洒其实就是旺。三坊煮甜菜熬糖的那股子味道离老远老远都能让人闻到，是甜滋滋的，好像是，日子因此也就远离了清苦，好像是，三坊那时候的日子过得就特别的兴头。你站在那里看糖坊的师傅们拉麻糖，浑身在使劲，胳膊，腰，大腿，都在同时使劲，是热气腾腾，是手脚不停，亦是一种好看的旺气！民间的那种实实在在的旺气。拉麻糖是需要力气的，上岁数的人做不了这活儿，大多是年轻人和中年人，既要有经验还要有力气，而且还要手脚干净！拉麻糖的木桩子上有个权，一大团又热又软的糖团给拉麻糖的人一下子搭上去，手脚就不能再停下来，刚开始那糖团的颜色还是暗红一片，一拉两拉反复不断地拉，那糖团的颜色就慢慢慢慢变浅了，变灰了，变白了！变得像是要放出光来了！拉麻糖有点像是在那里拉面，拉细了，拉长了，快拉断了，再一下子用双手搭上去，再继续往细了往长了拉，到快要拉断的时候再搭上去然后再拉。麻糖拉的次数越多越出货，用他们的话说就是要把气拉进去。因为那糖团是热的，所以更需要拉麻糖的人手脚不停。看麻糖拉得好不好，从颜色都能看得出来，掰一块儿，看看麻糖的断口，像杭州丝绸一样又亮又细，这样的麻糖搁嘴里一咬就碎。三坊的麻糖就是这样，三坊的麻糖一掉地就碎，这样的麻糖能不好吃吗？拉麻糖的好手，据说拉出来的一斤麻糖可以切八十九个角，别人呢，一斤也就切那么七十多个角，角跟角却是一般大。麻糖这东西好像正经的糖果厂都不见生产，生产它的只有像三坊这样的村子，是农民的手艺，而且麻糖这东西是季节性的，很少见人们一年四季在那里做，不像是油坊和粉坊，四季不停。但种甜菜是要从春天做起，让它们的球茎从拇指大小长到鸡蛋大小，再从鸡蛋大小直长到箩头那么大。种甜菜要不停地打叶子，把叶子一层一层地打掉，为的是让它们的球茎往大了长，再往大了长，越大越好。叶子打下来又会一把儿一把儿地晾在那里，要是不晾呢，可以用水焯一焯，切碎了拌蒜泥吃，味道是十分独特。怎么个独特？又让人说不来。

在中国，出麻糖最好的地方是孝感，车过孝感我买了一袋儿，一路吃到家，孝感的麻糖好，但没三坊的那么白。中国人，几乎是每一个人每年都要吃一次麻糖，那就是在小年那一天，人人都要吃，吃在自己的嘴里却说是要糊住灶神的嘴，不许他乱说。

好像是，中国的神祇都特别好糊弄。

晋北饭食记

山药蛋是国际性食品，全世界几乎都在吃。

有一次朋友聚会，说好每人来一道菜，我带去一袋很大的坝上紫皮山药，先上笼蒸好，俟其稍冷把皮剥掉，然后取少量面粉将其和成面团，烙山药饼离不开葱花儿，切小半碗，把它全都揉到山药面团里。然后揪剂子，然后擀开，然后上锅烙，烙山药饼油最好大一些，而且要烙好即吃，不可放凉，山药饼绵软好吃，味道不可比方。

紫皮山药是山药里的珍品，可以与之相比的是那种坝上的沙皮黄山药，沙皮黄山药皮上满是皲裂，不好看却好吃。紫皮山药现在多见，而沙皮黄山药则十分少。我平常喜欢吃的山药烩茄子非这种沙皮黄山药不可，茄子和山药在锅里煮得几乎稀巴烂，但隐约还要能看到茄子和山药，这个菜临出锅要浇入用羊油炝的葱花儿，就像是北京小吃麻豆腐，用羊油和用其他油硬是不一样。这个菜，要配的主食是稠粥——小米子稠粥，当年新下的小米，煮好后要用勺子不停地搅，直把粥搅作一团。乡下吃稠粥，每人取一小团放在自己的碗里颠，一颠两颠，稠粥便会被颠作溜圆一团，然后就这个菜吃。这个菜吃馒头好不好？当然也行，但总是不如吃稠粥为好。一碗山药烩茄子，一碗稠粥，是相当殷实的一顿饭。要再讲究一点，可以用碎口蘑和碎羊肉蒸一个臊子，用大碗上笼蒸，水要完全没了羊肉和口蘑，蒸好的臊子，汤占三分之二，肉和口蘑只占三分之一，这才是臊子。有这样一碗喷香的羊肉口蘑臊子，再来一碟腌黄萝卜，这顿饭便可称得起"丰美"。现在很少见到那种淡黄色的黄萝卜，绛黄色的萝卜倒多见，但绛黄色的萝卜没淡黄色的好，味道不一样。晋北人家过冬，除了山药蛋，往往还要腌一两缸这样的黄萝卜，缸大且深，齐人胸高，一个人抱不过来，要两个人一齐用力才能挪动它。整个冬天，人们都离不开这种腌好的黄萝卜。

南方人不吃稠粥，没听说过用大米做稠粥的，做稠粥好像只用小米。

还说山药蛋，取大个儿沙皮黄山药上笼蒸熟去皮，用手捏碎，但不要太碎，要一块儿一块儿，然后用莜麦面拌和，一拌两拌，莜麦面粉就会黏在山药块儿上，就这样松松散散地再上笼蒸一次，蒸好便是所谓的"块垒"，山西南部和河北西部称之为"拨烂子"。蒸好的"块垒"要下锅再炒一次，先用胡麻油炸葱花儿，然后再下"块垒"炒，这叫"炒块垒"，炒"块垒"必用胡麻油才香。这个饭要配以白菜炖豆腐，如果有油豆腐当然更好。广州管油豆腐叫"豆卜"，但我以为它远不如晋北的油豆腐，晋北的油豆腐好在是用胡麻油——炸好而中空。好的油豆腐白吃最好，我常放一碟在那里白吃，是越嚼越香。这个白菜炖豆腐要是再地道一些，豆腐用油豆腐而白菜要用大茴子白，是大茴子白而不是"小日圆"，圆白菜有种独特的回甜，长白菜无法代替。炒莜面"块垒"就茴子白烩油豆腐是很家常的饭食，这样的饭菜如果再熬一锅糜子米粥堪称完美。

晋北乡间的饭食离不开三样，山药蛋、黄萝卜、圆白菜。

　　当然，有羊肉更好，但乡间生活，哪能天天有肉！

黍庵说臭

　　这题目先就不雅，世上许多的事原都不雅，但即使不雅人们还趋之若鹜，这便是吃臭豆腐！我门前有一炸臭豆腐摊子，味道简直能臭出十里，而且还要顶风。这当然是夸张。油炸臭豆腐闻着是臭，吃起来也不能说是香，但许多的人都爱吃，且是男女老少齐上阵而欲罢不能！油炸臭豆腐是什么味儿，你要是仔细分析分析，那也只能是臭。人们常说五味，我以为"酸甜苦辣咸"之外应该再加上"臭"才对。臭味到底是怎么回事？比如臭豆腐，你闻着臭，吃起来呢，绝对也不会是香，但你就是舍不得放下，总是过几天就要买一瓶回来吃吃，全家人在一起吃臭豆腐，我在一篇小说里写过，那感觉简直就像是集体堕落。在中国的民间，不光是臭豆腐，比如"臭咕叽"，我不知道别的地方怎样叫这种夏秋两季常常让人能吃到的泡菜，也就是，把苋菜的梗子一节一节切好泡在泡菜坛子里的臭卤里，过些日子吃它的时候，那一节一节的苋菜梗子里边便是果冻样的东西，只需一吸，"咕叽"一声，味道是有些臭，但硬是好吃，臭之中有些酸，味道不可比方，用以佐粥最妙。苋菜在夏秋之交的时候可真是能长，能高过墙头，把紫红紫红的花头探到外边让人去看。苋菜的籽，比蚕籽都小，可以做玉谷糖。我在江苏乡下朋友家里做客，风鸡腊肉吃过之后，便喜欢到厨房角落去找臭坛子，打开臭坛，闻着就臭，汤色亦不好看，灰不灰黑不黑，舀一点出来兑在米饭里再加一点肉汤，味道怪怪的好吃。那臭坛子里就是泡"臭咕叽"的。北京人喜欢吃的"豆汁儿"也可以归到臭的一类食品里去，是灰不灰黑不黑的颜色，是酸不酸溲不溲的味道，但我就是偏偏爱喝，而且觉着过瘾。梁实秋也喜欢这一口，曾请人用暖瓶在北京装好坐飞机捎到台湾去。还有麻豆腐，也不是什么正经味道，但偏偏有人趋之若鹜，而且亦是上瘾。我去北京，喜欢去大宅门饭店，住在潘家园，吃饭的时候要打出租赶往罗马花园那边的大宅门，为的就是在中午也能吃到豆汁和麻豆腐，吃麻豆腐要浇大量的辣椒油，最好是有大段大段的炸辣椒在里边，一勺麻豆腐加上一段炸得焦香的辣椒放嘴里久久地嚼，好不好，真好。豆汁与麻豆腐许多人都不爱吃，因为它们离臭不远，但爱吃而上瘾的人也大有人在，这真是怪事。臭到底是怎么回事？是感觉，味道也只能说是一种感觉，你说什么是香，你说不清。你说什么是鲜，你更说不清，能说清的是你喜欢或不喜欢。饮食之道和艺术其实一样，是要跟着感觉走，感觉好，就是香，就是鲜，感觉好，臭豆腐就是美，生活原本就是这样。我的一个朋友，开餐馆多年，餐馆里的招牌菜也不少，但就是不肯给你来一道油炸臭豆腐，你向他推荐，你鼓动他，他只一笑，说这道菜有些菜馆子里是不能做的，这也是品味，他不喜欢，他就不让厨房做这道菜。这也好，己所不欲，勿施于人，古训也。

有一道好点心，用两块"王致和"的臭豆腐，搅烂在山药泥里，马蹄切极细碎的小丁儿，再加鸡茸，搅成馅子，包春卷一样包好放锅里炸，现炸现吃，外脆里糯，糯之中又有马蹄的细碎，味道是臭而香，是一道口

142

味极其复杂的点心。我用榴梿代替臭豆腐试过做这一道点心，味道便是另一路。榴梿的臭，与我们民间的臭大有不同，不可同日而语，榴梿是大葱烂了的味道，闻起来是这样，吃起来却又是另一样。

臭是什么？臭便是香！这么说简直让人有醍醐灌顶之慨。我是吃臭豆腐而悟道，你不妨也悟它一悟？人活在世间是苦要吃甜要吃臭也不妨吃一吃，这才叫知味。

吃　葱

　　那次在哈尔滨的樱田饭店吃日本料理，我看生蚝十分新鲜，撬了壳就吃，很开心。旁边的服务员很关心地问我要不要来碟生葱，我感谢她的好意，但在心里觉得奇怪，生葱和生蚝有什么关系？

　　我经常转早市，一是散步，二是可以看看新鲜的鱼虾和蔬菜，当然免不了买，买菜就要买葱，中国人的饮食最离不开的三样东西就是葱、姜、蒜，做鱼做肉乃至做素菜都离不开这三样。葱的品种好像不那么多，不过大葱小葱而已，洋葱算葱吗？好像不算，起码中国人不把它打在葱的数里边。常见建筑工地上的工友在那里用洋葱头下酒，每人手里拿一个洋葱头，一口酒，一口洋葱，像是很过瘾。我用大蒜下过酒，一口酒一口蒜，以此辣而对彼辣，很是刺激。但用洋葱和大葱下酒，我从来都没试过。吃北京烤鸭，最离不开的就是葱，但最好是小葱，现在是多用葱丝，反觉不美，不如小葱，两寸长短，碧绿碧绿，蘸酱卷饼，惹人食欲。葱这种东西，该用大葱的时候是绝对不能用小葱，该用小葱的地方也绝不能用大葱。大葱数什么地方的好？好像是要数山东。去山东菜馆子吃葱烧海参，盘中之物海参之外便是大葱段儿，海参是黑的，大葱段儿是白的，从颜色上讲就很动人。山东菜吃口偏咸，大葱烧海参这道菜的妙处就在于那葱段好像是要比海参还好吃，经常是，盘里的海参还没吃光，那葱段早就不见了踪影，吃到后来，盘里剩下的汤汁油亮诱人，以此汤汁浇米饭很香。丰泽园的葱烧海参现在是做得太烂，不是海参太烂，是大葱太烂，烂到一根一根全都瘪瘪地爬在那里，要知道这道菜是要葱与海参一道吃才好，葱要烧透，还要挺得住，入口能嚼而滋味全在里边，所以有人说丰泽园的那道葱烧海参大葱要比海参都好吃！我在家里常吃的一道菜是海米烧大葱，油大，火旺，大个儿的海米先用油炝一下，炝出香味，再把大葱段下锅爆炒，大葱要切大段，只用葱白，油大火旺，不可使醋，用好酱油烹，稍焖片刻，三翻两翻出锅，简单好吃，下米饭不错。这道菜普通家常，主角便是大葱。葱爆羊肉要的也是大葱，但最好是春天的那种羊角葱，嫩而辣，绿之外再加上那点点娇黄，葱要斜切马蹄块儿，葱爆羊肉是不能用葱丝的，用葱丝往往肉刚爆熟而葱丝已焦煳难看，葱爆羊肉也要火旺油大，锅铲叮当，三炒两炒就出锅，这道菜是要放盐而不能放酱油，放酱油便是另一个味儿，葱爆羊肉宜下白酒，而且最宜是高度"高粱白"！常见有人以葡萄酒和啤酒下葱爆羊肉，是为大不知味！如不喝酒，来一小盘葱爆羊肉，就一碗白米饭也很好！我在家里常常这样，菜足饭饱，惭愧惭愧！

南方人把小葱叫香葱，这种小葱不是北方春天下来的那种，不是一根一根，是一撮一撮，吃阳春面最好用这种小葱，面煮好挑到碗里，要汤宽面少，再把碧绿的葱末洒到面上，味道简单而清爽。好像是，吃上海城隍庙大荠菜馄饨也离不开小葱，汤上洒那么一点，不单单是为了好看。上海的生煎包端上来的时候上边也要撒一些这样的小葱末，也绝不是为了好看，有没有那小葱，味道大不一样。我以为，吃烤鸭就应该是这种碧绿的小葱，味道和大葱葱丝不一样。吃烤鸭，我还以为除了小葱不要再加什么黄瓜段和胡萝卜条儿！吃东西最最要紧的就是要突出主题。我对眼下的炸酱面有意见，菜码多到无理取闹，菜码和面条搅在一处就是杂菜拌面。我吃炸酱面，只要一种菜码，羊肉炸酱一定要顺丝切开用开水一余而过的大白菜，大肉炸酱就一定要用切成末子再用开水焯一下的芹菜末子，这么个吃法我认为才是正宗——简单而好吃。

　　在中国，要吃饭就离不开葱、姜、蒜，西餐好像起码是不怎么用葱，虽然他们的香料更多，一束一束显摆地挂在餐厅里，但就没有葱。

　　过去生小孩儿洗三要用大葱，取一根大葱，轻轻在小孩儿的屁股上打几下，这叫打葱，越打越聪明。我想那最好也是一根山东大葱！山东大葱要是长好了，会有一米多长！葱白会有小擀面杖那么粗，让人看了直吐舌头！如要吃大葱蘸酱，给你来这么一根大葱，你就不要再准备吃别的菜！

韭菜花

　　五代书家杨凝式的《韭花帖》好，临此帖的人历来很多，但大多都不得其神理。且不说这帖在书法上的妙好，只说这帖上讲的两种东西，一是韭花，二是羊肉，都是我喜欢的。无事临此帖，临一两遍，辄让人想把笔一掷，然后去坊肆间找羊肉和韭花来解馋。世上可吃的肉多矣，但各种的肉，吃到最后，还要数猪肉和羊肉好，所谓的"诸肉不如猪肉，百菜不如白菜"。这里不说"诸肉不如羊肉"是因为"羊"字无法与"诸"字协韵。如果让我给猪肉和羊肉打分，我会说它们都好，猪肉有猪肉的好处，红烧猪肉，红彤彤油汪汪，软烂浓香，不肥且不过瘾，"毛家烧肉"和"稻草扎肉"的好处就在这里，各种的肉里边，猪肉好像是特别适宜红烧。但羊肉却只宜清炖，而且最好要一清到底的汤。

　　在内蒙古吃羊肉，主人先要到羊圈里去挑羊，一圈的羊摸来摸去，摸羊的尾巴。什么意思？不得要领！主人只是说羊不能看肥瘦，要摸，摸摸尾巴那里便知其肥瘦，挨个儿摸许多只羊，摸定了，把羊从圈里拖出来。一只羊，从宰杀到吃到嘴里，在内蒙古草地是很快的。洗羊肠子在内蒙古是个绝活儿，不用水，先把从羊肚子里掏出的羊肠一顺两顺顺好了，把羊肺子切一大块硬塞到羊肠子里去，只用手一刷一刷，我这里只能用这个"刷"字，一边刷，肠子里的东西就都被刷了出去，那肠子就给刷干净了。这肠子和肉要在一起煮，白煮，什么都不放，一只整羊，剁几大块放锅里煮。煮的时候放几粒花椒。羊肉煮好了上桌，热气腾腾，大块大块的，用很大很大的方盘托上来，一道上桌的还有刀和叉，要客人自己动手切割或手撕了吃。这样的羊，煮的时候连盐都不放，味道特别的鲜美，要是放了盐，羊肉便不复再鲜嫩。吃这种羊肉，要用手把肉直接撕下来蘸微盐，或者蘸酱，调料一小碗一小碗都极简单，为的是突出羊的鲜美。但更美的是煮羊肉的汤，一白到底的清汤，这时

149

候就需要韭菜花出场，吃羊汤，最最要紧的就是韭菜花而不是芫荽，那味道才叫香。怎么个香？就是香。羊身上，还有一件美味就是羊肚儿。李季的长诗《王贵与李香香》里边就有一句："大米干饭羊腥汤，主意打在你身上！"可见羊肚之鲜美也，羊腥汤只能用羊肚儿来做，所以《感天动地窦娥冤》里的张驴儿的馋嘴父亲才会被一碗汤毒死，因为他抵挡不住羊肚汤的美味。吃羊肚，要白煮白吃，煮得稀烂稀烂才好，吃的时候也用手撕，撕作小块，蘸微盐，真好。我经常在家里买一副羊肚儿，下锅煮，什么也不放，让它一直煮，吃的时候就半斤六十七度的老白干酒，直让人香得目瞪口呆！北京的爆肚现在是徒有虚名，放嘴里嚼嚼，吐出来，像烂抹布，不雅观。

在内蒙古吃羊肉，各种的调料最好都放到一边去，但喝汤的时候我却希望有一小碟儿韭菜花在旁边。如果是七八月，草原上到处可以采到野韭菜，野韭菜味道更加浓烈。这时候还可以采到一种叫"栽栽苗"的花，花形和花的颜色气味和韭菜花一模一样，味道好像更烈。但我吃惯了内地的韭菜花，韭菜花要腌后才能吃，味道才会出来，要足足腌半个多月，没听过韭菜花现腌现吃。而草原上的栽栽苗是现采来切碎了加盐即食之，味道终不如内地的韭菜花。我想，杨凝式当年吃的韭菜花可能也是内地的这种，至于他是用羊肉蘸了韭菜花吃还是把韭菜花放在羊肉汤里吃，那我就不得而知了。杨凝式是华阴人，属陕西，陕西人亦善吃羊。我在西安吃羊肉泡馍，刚落座，一眼就看到了韭菜花，盛在小碗里，颜色绿到发黑，那一碗泡馍吃得至今不忘，我甚至在那里想，杨凝式当年是不是吃的也是加了韭菜花的羊肉泡馍。

说莼菜

莼菜真是没什么味，要是硬努了鼻子去闻，像是有那么点清鲜之气，你就是不闻它，你在水塘边站站，满鼻子也就是那么个味儿。莼菜名气之大，与西晋时期的一位名叫张翰的人分不开，他宁肯不做官也要回去吃他的莼菜和鲈鱼，无形中给莼菜做了最好的宣传，这一宣传就长达近两千年。莼菜是水里的植物，只要是南方，有水的地方都可能有莼菜，没有，你也可以种。但说到好坏，据说太湖的莼菜要比西湖的好，但我只吃过西糊的莼菜，没有比较，说不上好坏。莼菜之好，我以为，不是给味觉准备的，而是给感觉准备的，这感觉也就是我们常说的口感，那么滑溜，让嘴巴觉得舒服，再配以好汤，难怪人们对莼菜的印象颇不恶。滑溜的东西一般都像是比较嫩，没等你怎么样，它已经滑到了你的嗓子眼里头。莼菜汤，首先要有好汤，你若用一锅白开水煮莼菜，你看看它还会不会好吃。莼菜根本就不能跟竹笋这样的东西相比。莼菜要上席面必须依赖好汤，它的娇贵又有几分像燕窝，没好汤就会丢人现眼。莼菜是时令性极强的东西，一过那个节令，叶子一旦老大，便不能再入馔，只好去喂猪。常见莼菜汤里的莼菜一片一片比太平猴魁的叶子还大，这还有什么吃头！叶子上再抓了太多的淀粉，让人更加的不舒服，这样的莼菜汤我是看也不看，很怕坏了对莼菜最初的印象。好的莼菜根本就不需要抓淀粉，它本身就有，莼菜的那点点妙趣就在那点点自身的黏滑之上。去饭店，要点就点莼菜羹，汤跟羹是不一样的。说到以莼菜入馔，那还要数杭州菜为第一。

以莼菜入馔，我以为也只能做汤菜，与鱼肉相配也可以，与鸡片相配也似乎能交代，但与猪肉羊肉甚至牛肉相配就没听说过。莼菜好像是不能做炒菜，但也有，莼菜炒豆腐，但必要勾薄芡，一盘这样的炒菜端上来，要紧着吃，一旦那点点薄芡懈开了，稀汤寡水连看相都没得有。这道菜实际上离汤也远不到哪里去，而这道菜里的豆腐我以为最好用日本豆腐，日本豆腐比老豆腐老不到哪里去，正好用来配莼菜。

老北京酱菜中有一品是"酱银苗"。现在可能已经没有了，我去了几次六必居，他们是听都没听过。汪曾祺先生对饮食一向比较留意，他曾经在谈吃的文章中发过一问，问银苗菜为何物？汪先生也没吃过酱银苗菜。我后来偶然翻到有关银苗菜的资料，明人吕毖所著《明宫史》所载："六月，皇史宬古今通集库，銮驾库晒晾，吃过水面，外象赴宣武门外洗。初伏、中伏、末伏日亦吃过水面，吃银苗菜，即藕之新嫩秧也。"我给汪先生写了一信。

在北京的民间，现在还有没有人吃藕之新嫩秧？我很想做一番调查，也很想再深入一下，调查一下还有没有用银苗菜做酱菜的地方。想来酱银苗也不难吃，首先是嫩，其次呢？我想还是一个字——嫩！酱菜一旦七七八八地酱到一起，都那个味儿。什么味儿？酱菜味儿，我喜欢北京的酱菜，都说保定的酱菜好，学生送我一篓，齁咸！比我小时候吃过的咸鱼都咸。说来好笑，我小时候总是吃咸鱼，那种很咸很咸的咸鱼，以至于我都错以为海鱼就都是咸的！好笑不好笑？

保定的酱菜没北京的酱菜好，北京的酱菜要以六必居为翘楚。我有一道拿手好菜，在各种的餐馆里都吃不到，就是——"炒酱菜"，小肉丁儿，再加大量的嫩姜丝，主料就是六必居的八宝菜，这个菜实在是简单，实在是不能算什么菜式，但就是好吃，就米饭、佐酒都好。过年的时候我要给自己炒一个吃，好朋友来了我要给好朋友炒一个吃。

但要是没了六必居的酱菜，我就没辙！

莼菜能不能做酱菜？俟日后到杭州一访。

吃白饭

吃白饭讲的是什么？像是一下子说不清，但其实也好说清，就是吃没有菜的饭，是光有饭没有菜。《金瓶梅》把下饭的菜叫"嗄饭"，这本是山东地面的方言，别处不见，山西没这种说法。有人说《金瓶梅》的作者就是山西山阴县的王阁老，而他出生之地的山西山阴县也没有这样的话，可见《金瓶梅》跟他无关。说到白饭，一般人家再穷，吃饭时也会有一个两个菜，白菜煮土豆或土豆煮白菜总也算是菜，再好一点可以有豆腐或粉条，北方人以前很少吃到大米，这样的土豆白菜白菜土豆再加上窝窝头或馒头就算是一顿饭。没菜只吃饭的情况一般不会出现，即使是小时候早上上学拿一个馒头吃算早点，也会夹一根腌菜，或者是一个窝头，窝头照例

156

是要有一个洞，在那个洞里抹一点酱进去还颇不难吃。一般来说，人们不会吃白饭，但白饭有时候其实是很好吃的，比如山东的大馒头，刚刚蒸出来，你拿一个出来趁热吃，是十分的好，再比如北方的黍米糕，刚刚蒸出来，什么也不就，就那么白吃，也十分的好吃，满嘴都是粮食的味道。好的新米做的饭，刚刚蒸出来，你什么也不用就，就那么白吃，也真是香，没有任何别的味道影响它那独有的粮食的味道。真正会吃饭的人，不会要那么多菜，吃一次饭来十多道菜，到后来你什么感觉都不会有。菜要少一点，味道才会突出。我爱吃的一种"白饭"是烤糕，黍米糕，也就是用黄米面做的糕，这种北方的食物热着吃很软，一旦放凉了就很硬，像块石头，如果是一大块，拿起来用其打人，如果正好是打在那人头上，被打的人一下子会晕厥过去也说不定。把这样的放凉了的糕切片放在火上烤，俟两面都烤得焦黄焦黄，这糕的里面却又是极软了，这样烤出来的糕什么菜也不要就，就那么白吃，味道很好。还有人爱吃以山药淀粉做的那种粉条，亦是白吃，什么也不放，粉条下锅煮好，捞出来就那么白吃，亦有特殊风味，据说比东北的猪肉炖粉条差不到哪里去，什么也不加，白水煮白粉条会好吃吗？有人就喜欢这么吃，其微妙之处似乎不可言传。吾友绍武喜欢白吃面条，一碗白水煮面条，什么也不加，他端起来就是一碗，其滋味也只有他自己知道，但我想一定是有好的滋味在里边。我想应该是什么也不加，粮食的味道便都在嘴里了，一如我的十分爱喝面汤，把豆面条煮了，我却一根面条都不要，偏爱喝那豆面汤，是十分的好喝。粮食的白吃，是真正能品出粮食的本味。但一顿饭下来，你总是要吃菜的，鄙人以为，菜一定不要多，一碗饭，两三个菜足矣。更有甚者，只煮一盘饺子，再加二两酒，其实这才真是会吃饭的人，饺子是中国人最好的食品，是既有主食亦有菜，再加上二两酒，是什么都有了，简单有时候其实是最最的不简单，一盘饺子二两酒，什么味道都跑不了，都在嘴里，比一下子吃十多道菜要好得多，饺子的好，酒水的好，都在里边，而且能让人记住。不知道从什么时候起，我真是十分讨厌饭局，一堆人，团团坐，吃许多菜喝许多酒，纷纷说许多过时的废话，真是浪费时间。

吃白饭和白吃饭不一样。吃白饭是不就菜，白吃饭是不花钱。

我最近奉行的是不白吃饭主义，你的饭我不白吃，我的饭也不白给你吃。但喝茶和抽烟却不在此例，而我也只是喝茶而不抽烟，最近抽过两支烟，是因为画家吕三不远千里地来了，他要我抽，我便抽起来，因为一个人喜欢一个人，那个人要你做什么你一般是肯做的，这也只是特例。

关于酒

国内女作家中，我十分偏爱王安忆，爱读她的文字。我以为她是女作家中唯一有着第三只慧眼的女性，她有两篇小说不是小说散文不是散文的文章，我以为别人就是写不出来。一篇是《比邻而居》，一篇是《酒徒》，如果记不错的话，可能就叫《酒徒》。据说这篇小说的主人公，那个既干净，喝酒能放得开而又能收得住的主人公是以汪曾祺为原型，所以，我就更喜欢这篇小说，也不知读了有多少次。无论怎么说，我算是个喝酒的人，但我的体会绝不会有王安忆那样细微，写主人公倒酒，写酒场的种种风光，写黄酒与白酒的关系，写时下时兴的种种喝酒方法。一个女人，不喝酒，真不知道面对酒会有这样的慧心慧口。这篇小说有一点点不能让人满意的地方就是那个小徒弟后来又提了酒去找老酒徒喝了一次，其实这小说不用写这一幕已经十分好了。

怎么说呢，酒可以说是一种广受人们欢迎的"毒品"，在中国，你请客，要是没了酒，气氛和情绪都不会上去，有了酒，好啦，就像是干柴一下子碰到了烈火，"嘭"的一声，马上烈焰腾腾。说到酒，我个人比较喜欢烈性白酒，茅台、五粮液和汾酒放在那里，我会首选汾酒。或者是北京二锅头，还非要高度的，是真正的烧刀子！再不就是衡水老白干儿，六十七度的那种也可以。陕西的西凤，还有包装让人怀旧但一点点都不起眼的"草原白"，前不久我去北京，作家马海送我两箱，直把北京的朋友喝得皆大欢喜！我的酒友都把它叫作"闷倒驴"！这酒的品质不容置疑，别看它那么便宜，这个酒，你中午喝八两，晚上脑袋没一点点事。吃羊肉，葱爆羊肉、手扒羊肉、盐煎羊肉，或者是其他方法做的羊肉，最好喝这种高度白酒。我以为中国的鲁菜还有东北菜式最好也以喝白酒才算搭配。我不主张吃中国菜大喝啤酒，我以为啤酒只能算是一种饮料，可以要一两盘炸薯条之类的东西搭配，配以大菜，有些不搭调。我从不参加以喝啤酒为主题的聚会，以为，有些不对，往往是，喝到最后，一桌子人此起彼伏，起来，坐下，坐下，起来，纷纷去洗手间，是阵势大乱，也不好看。起码，我不喜欢。说到国酒的茅台，好像是吃川菜就离不开此酒，川菜的气焰本是嚣张的，只有茅台的香气才镇得住它，如它不出场，五粮液也可以。但无论谁出场，都是度数高一点最好，许多人热爱五粮春，但此酒度数太低，没感觉。喝酒就是要有一种感觉，微醺或深醉，没感觉还喝的是什么酒。有一种啤酒是无醇的，这算酒吗？太没意思。

中国作家中，山西作家比较能喝，上一盘咸菜能下三瓶酒！

在内蒙古草原吃全羊，往往是，那一大方盘烤全羊还没怎么动，已经有人趴在了那里。

善喝酒的朋友里边，评论家孟繁华最可爱，只要他在场，大高个子往起一站，一晃，一开口，一举杯，是整张桌的人都会跟上群情振奋，以喝酒论，他可以去做山寨寨主！

说到喝酒，其实不要上太多的菜，菜要少而精，突出酒。

　　喝酒吃菜，若天寒地冻，最好是来个火锅，我们那地方有"什锦火锅"，里边什么都有点，我喜欢吃这种火锅，要木炭明火，既有热度又有气氛。我常在家里自己装这种火锅，下边是干豆角，干葫芦条，黄花菜，木耳，最好还放些发好的口蘑，然后上边码丸子，烧肉条，炖好的大块儿牛肉，鸡块儿，黄焖的，排骨，黄焖的，这样的火锅是花样越多越好，还要准备大盘的酸菜和粉丝，吃到最后是酸菜和粉丝上场。这个什锦火锅的好处是，吃到什么时候都是滚烫，适合喝酒。要是吃炒菜，吃到后来菜往往就凉了。还得回锅热，饭店最烦这事！所以说喝酒最好是来个这样的火锅。如没这个，涮羊肉也好，但涮羊肉最好就单涮羊肉，不可七七八八五花八门到最后连牛骨髓都煮到里边。喝酒吃涮羊肉也不错，但也宜二锅头之类。我吃涮羊肉，不喜欢麻酱料，我只要两味自己来调，辣椒油加韭菜花，一点一点蘸来吃，很好，吃涮羊肉而上海鲜小料是让人莫名其妙！在西安，我自己出去找吃的，一大碗葫芦头就半斤西凤，很好，其他什么也不要。

我在家里几乎从不喝酒，人们对此有一说，叫这种在家不喝出外却大喝的喝酒是"朋友酒"，这话很对，我喜欢。一个人喝酒有什么意思？没意思。有一次我喝多，回家去，掏出钥匙开门，门打不开，我是喝多了，这时候屋里有了动静，门开了，是我的邻居，她从里边把门打开了，我说，欢迎，欢迎，你来了。这时候，她男人也出现了，站在她的后边，想不到，她男人也来我们家串门，我马上又说，好，欢迎，欢迎，你也来了。想不到邻居夫妇二人拊掌大笑不止，说：王老师肯定是喝多了。原来是，我上错了楼，开错了门，我家不在这个楼。只有喝酒，才会如此浪漫而不着边际！

　　中国有句话是"无酒不成席"，可谓至理名言，好！

大众花茶

　　没有什么地方再能像京津两地那么热爱花茶，客人来坐，一般都上花茶，主客相对，在浓浓的花茶香气中说话，真是让人有说不出的好。单说花茶，我以为"张一元"的花茶是北京最好的。每次从杨梅竹斜街穿过去到荣宝斋买南纸，总要顺便到"张一元"看看，是想闻闻那个味儿，那味儿可真是好闻，是经年累月的茶香。我以为能在这种地方工作是一大幸事，我还想，要是那房子不再开茶馆我也许会把它买下来住进去，就为那股子永难消散的茶香。我没事还喜欢上同仁堂，也是喜欢闻那股子味，中药香吗？不敢说香，但闻惯了还非常让人想念，各种的药品里，唯有煎中药的时候让人想到居家过日子金木水火土的生活，又是小泥炉子，又是砂药壶，又是各种各样干燥过的植物和矿物，总让人觉得还有那么点儿原始和神秘。有时候我生个小病，就坚持非要吃那么点中药不可，去医院找中医大夫，看他把脉，看他开方子，再到药房，看那一格一格的药柜子，药柜抽斗上横平竖直用毛笔写着各种各样的药名儿，"王不留""刘寄奴"，等等等等，硬是像宋代的词牌，凭空有几分说不清的风雅。说到中药，我想起母亲在那里煎药了，砂药壶"咕嘟、咕嘟"开着，一只筷子在药壶里插着，药壶口上蒙着一张小方纸，筷子就从那张纸插进去。药煎好，还得用小网子滗一下，从开方子到把药喝下去，整个过程要比茶道复杂得多。

说到茶，是真可以冠之以"茶文化"三个字，现在都在说这文化那文化，连年糕都要往"文化"上靠——"年糕文化"！这是让人没办法的事。喜欢或自以为懂茶的人，一般来说对花茶是不屑一顾。我兄弟偏爱花茶，我总是送些茶给他，但几乎是每次他都很不满意，说，怎么没花茶？我说有送人花茶的吗？起码是从来都不会有人想起送我花茶，朋友来了，带过来的不是龙井、六安，就是猴魁或安吉。几乎是没人送花茶，你要是送花茶，可能就会有人说你不怎么懂。起码是，花茶太家常了，但喜欢花茶的人太多，居家过日子，家常的喝茶，还是以花茶为好。大夏天的，在京津两地，唯有端上浓浓的花茶才像那么回子事。花茶是夏天的主角儿，是京津两地待客的灵魂，就京津两地而言，要是一下子取消了花茶，也许会来那么一场动乱。

我像是不怎么喜欢花茶，但有时候也喜欢喝，吃早点，比如吃混糖饼——北京叫"自来红"的那种，就非得来一壶花茶解气，喝别的都像是不对。以前在四合院，夏天，朋友来了，坐在丝瓜架子下，或坐在开红花的豆棚下，这时候对路的一定是花茶，如果把铁观音或大红袍端上来，简直是不对路。花茶之好，我以为好在四个字上："家常大气"。虽没听过有人说哪种茶小气，但花茶却真是大气，可以让人从豆棚一直喝到澡堂，再从澡堂一路喝到饭店，花茶几乎可以深入到人们的每个角落。

花茶的好，还好在没什么形式和规矩，既不用"关公巡城"，也不用"韩信点兵"，它有一好，就是能让你立竿见影地解渴，最是大众。花茶之下，砖茶也大众，但砖茶得煮，多一道手续不说，还得先从茶砖上用茶锥子往下"片"，记得家大人总是在那里"片"，找到纹理，用一把茶锥子，一下一下地往下"片"，"片"下的茶再放到小壶里去煮，时下日式铁壶在里巷间大行其道，几乎是遍地开花。而过去国人煮砖茶的壶就是普普通通的小铜壶。我以为，铁壶再漂亮也没法子和铜壶比，因为它动辄容易生锈。《沙家浜》里有句好唱："垒起七星灶，铜壶煮三江……"唱词想是汪先生的杰作，只那么一点点关乎茶的小事，却从天说到地，"七星"和"三江"一起上阵，气派大得了不得。就以这句唱词分析，落到实处，江南一带喝茶普遍用的还是铜壶。说到壶，喝砖茶不煮还真是不行。煮浓的茶汤叫"茶卤"，喝的时候再兑以开水。这是山西以北和内蒙古地面的方法，虽不繁难，但也不如花茶来得方便，花茶是想喝即得，有碗有开水就成。也不讲什么"茶道"不"茶道"。中国人喝茶向来没有"茶道"这一说，倒退三十年，更没有！现在是遍地都是道，"花道""香道""茶道"，连吃螃蟹，都在叫"螃蟹道"——我宁可不吃！

花茶好，就好在家常大众，想喝就成，抹掉一切形式，解渴生津！所以，怎么能让人不喜欢花茶？

煮雪问茶

这几年，不知为什么，北方的雨雪总是没有南方的多。若喝茶而论水，雪应该是上品，下雪的时候，如能扫些雪用来泡茶算是一件风雅事。住在城下居的时候，一位茶友支持我的这种想法，要送我大瓮以储雪水，这位老兄开酒坊，有的是那种黑釉大瓮。那瓮有多大？要比武松把蒋门神的老婆扔到里边的那口缸还要大。古人喝茶，水为第一品。《红楼梦》第四十一回，妙玉说她旧年用"鬼脸儿青"花瓮餂得那一坛子雪水是从玄墓梅花上收的，在地下足足埋了五年，夏天取出来，才只喝了一次，这样的水，一般人喝不到。

今年我随朋友去南京明孝陵看梅花，连着去了两次，头天看了一回，第二天准备去大行宫，想不到车行路上大雪忽然纷飞了起来，朋友便急命司机掉头再回明孝陵，这一次可真是有眼福，既看了雪，又看了雪中的梅花，从雪一点点下到梅花上到下得满树都是。论好看，雪中看梅还数红梅好，红梅、白梅、粉梅再加上绿萼，在什么时候开，要什么时候看，是各有胜场。我在雪中看梅，又想到了以雪烹茶，心想，这要是收取梅花上的雪，还真不好弄。用什么收？小扫帚，大号的毛笔，或是用香道的羽帚？但想归想，一棵梅树一棵梅树挨着来，一瓮雪水该收到什么时候？这应该是文学作品中的想象，实际要来那么一下子，不大可能。从南京看梅花回来，时值清明，吾乡大同忽然漫天飞雪，恰好南方的朋友寄来了新茶。新茶和雪还真不好碰在一起。有新茶的时候未必有雪，下雪的时候新茶未必下来。既有雪而又有新茶，真是不亦快哉！遂招朋友，煮雪烹新茶。

说到喝新茶，明清两代，一过清明，最先到京的叫"马上新茶"，是凭着快马送来的。当然能够享用这茶的人不是一般人，一般人也享用不起。而现在动辄是空运，南方的水果和鲜花运到北方要怎么鲜有怎么鲜，更

171

甭说是茶叶。有好茶，还得有好水，雪应该说是天然的蒸馏水，自然干净。《金瓶梅》第二十一回："吴月娘见雪下在粉壁间太湖石上甚厚，下席来，教小玉拿着茶罐，亲自扫雪，烹江南凤团雀舌芽茶与众人吃。"其实这也是文学作品里的事，太湖石上的雪甚厚，地下的雪想必也不会薄，吴月娘一双小脚，踩那样厚的雪去亲自扫，真还让人担心她不小心会滑倒。盛雪的又是那么个茶罐，想必也大不到哪里去，那点点雪煮水烹茶怎么能分给众人吃。《金瓶梅》写的是明代事，按照吴晗先生的说法，《金瓶梅》成书年代应该在万历中期，万历朝整整四十八年，从中期二十四年也就是丙申1596年往下数到现在也已经整整四百一十五年。四百一十五年间，世事再加上人事，变化再大也出不了"柴米油盐、琴棋书画、七情六欲"这十二个字，物质和精神都包括在内。科学再昌明，人类生活也脱不掉这十二个字。但想不到的是，世事与人事变化不大，雪却已经不再是吴月娘扫取过的"太湖石上甚厚的雪"。

　　吾乡今年清明之际的这场雪下得算大，一夜之间差不多够一尺。为了喝新茶，朋友去西山取雪，把雪的上边那一层拂掉，也不要最下边的那一层，取回数桶放屋里让它慢慢消化。但想不到洁白的雪一旦化成雪水，下边居然会有一层沙尘一样的东西，接下来是"做水"，汪曾祺先生曾在一篇文章里写作"坐水"，是动词。我以为应该是"做水"，可以泡茶的水是做出来的。几个朋友应邀而来，怀着极为古典的心情，品过之后却都大叫不好，以雪水泡出来的茶是金属的味道夹杂很重的土的味道。再用罐装纯净水把茶重新泡过，再试，舌间方找回新茶的感觉。

吾乡大同现在无好水，若说品茶，北边永固陵旁边万泉河的水还算好。这条河现在是其细如脉时断时流，以此水泡茶，鲜有异味。还有就是云冈石窟的东边，是哪一窟，记不大清了，有一泉自窟中出，其细如丝，其水清冽。即使是炎夏，以手掬水，如握寒冰。

水之好坏真是比较出来的，即使是虎跑的水，像是也比不过现在瓶装的纯净水。或许这个世界正走向衰败，雪水的苦涩与泉水的不再甘冽与人类对大自然的破坏分不开。这简直是一定的事。我现在喝茶，多用纯净水，开一瓶，不够，再开一瓶，这是绿茶。喝红茶就直

173

接用自来水，吾乡之自来水还好，比盐城的水要好到天上，赞一句：是真水无香！

中秋帖

　　秋天原是极为复杂的季节，从味觉乃至颜色都每每让人心惊。要人知道一年光景只在须臾，在我们那个小城，秋天的到来好像是以中秋节为标志，之前，虽已立秋，虽已是秋风瑟瑟，但人们对秋天的概念还不是那么清楚，人们尚在浑浑噩噩之中，季节并不像工厂里工人们的交接班，是"踢踢踏踏"你来我走，季节的变换，不可能是今天一立秋，明天马上就"塞上秋来风景异"，在这个时候，夏天和秋天常常是混合在一起，人们也是单衣夹衣一起乱穿，那各种的水果也才刚刚五彩缤纷地纷纷登场。但一到八月中秋，情况就大不同了，人们都会感觉到真正的秋天是要来了，感觉到那种天地之间的肃杀之气由夜间渐渐凉起。欧阳修的那篇《秋声赋》要想读得好也最好是在这个季节读它一读。

中秋节之前，最忙的应该要数烤饼师傅，一年一次，他们出现了，往往是，一个徒弟一个师傅，或者是一个师傅带着两个徒弟，他们的出现之初，给人的印象，怎么说呢，好像他们根本就不是什么点心师傅，而是在做什么泥瓦活计。他们把砖和那种很细的黄土弄来，要砌一个烘烤月饼的炉，而砌这种炉好像是只能用新砖和黄土，新砖没有旧砖那种不好闻的气味，然后，和泥了，砌砖了，这种烤炉是不用打地基的，只在平地上铲出个长方形的浅坑，然后把砖一层层地码起来，码两三层砖，便要砌灶坑，再上去，就是"烤箱"，烤箱就像是一张大嘴，终日张着，可以让师傅把烤月饼的铁盘一次次地塞进去再拉出来，塞进去再拉出来。那时候，家家户户过中秋要吃到嘴的月饼都是给这样烤出来的，晋北特有的那种既没有馅子又没有别的什么花哨点缀的饼子，吃起来像是有那么一点点泥土的气息，甚至有新砖的气息。在山西的北部，秋天能吃到嘴的最好的月饼不是什么"五仁月饼"或"什锦月饼"，而是这种用胡麻油和红糖和面烤出来的混糖月饼，这种月饼的独特香气实际上是胡麻的香气。高寒地带的胡麻，可以长到齐人腰高，开花乃是一派幽蓝，那种蓝是男人气的，冷冷的感觉，所以更加动人。胡麻结籽有点像芝麻，但要比芝麻粒大而且亮，你抓一把芝麻放手里和抓一把胡麻放手里的感觉绝不会一样。胡麻籽放在手里感觉会流动，很难握得住，那么光亮，那么滑动，你把手指放一道缝出来，很快，它们就流走了，这就是胡麻。我不种地，分不出什么是胡麻什么是亚麻，人们都说胡麻和亚麻是一种东西，但我总觉得亚麻籽和胡麻不是一回事，两种籽实榨出来的油味道好像也不一样，超市买回来的亚麻籽油怎么能比得上去乡村油坊买来的胡麻油香。胡麻油的香气很独特，但你要让我说它独特在什么地方，我肯定是说不上来，用它和面烤制月饼，那个香很迷人，是朴素大方而沉着。离开晋北和内蒙古靠近山西这一带，就再也吃不上这种以胡麻油烤制的月饼。一年四季，以烤制某种食物而"兴师动众"的事在晋北一年也许只有这么一次，也只能是在秋天，一家人，把面，把油，把糖都一一准备好了，还要有人去在那里排队等候，要眼看着打饼的师傅把自家的面和油还有红糖放在一个很大的

177

盆子里慢慢和起，面被从袋子里倾倒在盆子里，然后是红糖水，慢慢慢慢倒进去，像是在进行某种仪式，然后才是汪汪亮着的油，白色的面此刻变成了棕色，面在师傅的手里慢慢变作一个大团，然后再被分作几小团，然后再把一团一团的面团揪成一小块一小块的剂子，这剂子被放在案上擀做饼，阔气一点的人家会在饼上再撒些芝麻，然后这饼便可以一排排放在铁制的盘子上放在炉里烤制了。这样一年一度的烘烤月饼，因为那香气，因为那排队的人，因为那饼炉的日夜不熄从而变得像是一桩近乎事件的大事，每年快到中秋节的时候，那打饼的师傅就出现了，他们把炉子盘起来，然后就几乎是几天几夜的不眠，炉子既不熄，香气又绵绵不绝，而那香气也绝非秋天的果香可比，是浓厚的，几乎是化不开的浓稠，等到它渐次散开消失的时候秋天几乎就要过去了，打饼师傅会把经他们的手垒起来的饼炉慢慢拆掉，秋天也就过去了。

说到秋天，好像总是与吃分不开，但实实在在秋天并不是一个只让人想到吃的季节，秋天一来，炎夏那浑浑噩噩的热就结束了，各种的花虽渐次凋零，而秋叶却又在红红紫紫斑斓好看起来，一到秋天，即使是月光和露水也都和其他季节不一样，也会变得格外清洌起来，古人喜欢以清字说秋——"清秋"，只这一清字，是既让人喜欢又让人从心底起一番惆怅，起一番淡淡的伤感。一年四季，冬去春来，夏去秋来，其实人们最难买到的是一种心情，一种情绪，一种味道，一种气韵，这原是不好说也说不明白的，美好的东西向来如此。中秋马上又要到了，鄙人真希望再能看到烤饼师傅的身影，虽然那画面，那味道，那情景已渐成回忆。但这对过去的回忆，从某种意义上讲已经变成了对以往生活的审美而不仅仅只是追忆。

老油条

　　从小到大，最常吃的早餐就是油条和豆浆，一碗豆浆，两根油条，再来一小碟老咸菜，这个早餐就打发了。各种的油炸食物里，要说油条怎么个好还不好一下子说清，油条要吃刚刚出锅的，嚼上去会"吱喳"有声，概因为其脆，外面是脆的，而里边又是松软的，有人喜欢一手持油条一手持筷子，把油条在豆浆里浸浸吃吃，再就一点点咸菜丝，这种吃法有点委曲油条，油条就是要吃那种口感。油条有特殊的香气，其实是矾的味道，做油条离不开矾，离开了矾就不蓬松。一般来说北方的油条要比南方的油条好一些，南方许多地方的油条只堪称之为油棍儿，既细且硬，拿在手里不像个东西，而这次去泉州，吃早餐的时候却看见了好油条，既粗且

180

大而且中空，便不免一连吃了许多根，就豆腐脑，很香。一般来说，吃油条都要到早点摊子上去，在家里炸油条，不是没有，但很少，首先要支一口比较大的锅，还要放许多的油，很不方便。汪曾祺先生说他会用油条做一道菜，就是把吃剩下的油条切段，里边塞那么点馅子下锅再炸，要炸好便马上吃，又脆又好吃。而这道菜实在是家常，几乎是人人都会做，只要你愿意做，但切成段的油条里最好塞鸡蛋和韭菜做的那种馅子，做这个馅子不能用素油，素油很难使馅子团在一起，最好用猪油炒鸡蛋，炒好了鸡蛋再把切好的韭菜拌进去，因为猪油的缘故，这样拌出来的馅子会抱成团才好塞到油条里边去，一段一段的油条塞好馅子后还要在面糊里拖一下，面糊不能太稠，做这种面糊的时候要打颗鸡蛋在里边，拖了面糊的油条才能下锅炸，才不至于把里边的馅子给炸出来，这个菜味道说不上太好，但也不错，吃得时候照例"吱喳"有声，很是热闹。有见喝皮蛋粥的，把油条切得很碎放在粥里，味道也不错。而如果喝那种白粥，把油条一小段一小段地放粥里完全泡软和了，是另外一个味儿，也不能说错。

油条在中国，是极为普及的食品，一般都用来做早餐，中午饭和晚餐吃油条的就很少，但不是没有。油条之所以叫作油条，是因为它就是那么一条，既经油炸，便被名之为油条，这本不难理解，但在中国有句接近骂人的话就是"老油条"，常见一个人骂另一个人："你这个老油条！你这个老油条！"而如果细想，谁也说不好"老油条"这三个字什么意思。一种解释是油条炸老了，又硬又黑不好吃；再一种解释呢，好像根本就不可能再有另一种解释。而相对而言，既有老就有嫩，如果说老油条不好解释，而嫩油条这一说法就更站不住脚。有些中国话，只可意会不可言传。

　　早上起来，我如果去跑步，便一定要吃油条，还一定要刚出锅的，在锅边守着，等它热腾腾地现炸出来，再要一碗豆腐脑，当然还要有一小碟咸菜丝，黑乎乎的那种，俗称"棺材板"。就这样的吃法，几乎天天如此，多少年下来，居然还没有吃腻，时间长了不吃，还会想念，还会觉得不自在。

　　想念油条，这是什么话！

岁朝清供说佛手

往昔过年过节，母亲总是会买些青红丝回来，而且会拿鼻子闻闻，说这可是真货！我不明白什么真货假货，母亲告诉我好的青红丝一定要用佛手做才香，才有味，橘子皮做的青红丝味道稍逊。青红丝有什么味儿？像是没什么味儿，但你要是把它放嘴里细嚼嚼，味道便会出来，那味道像是只在齿间，清香而又稍稍有那么一点涩。有用白萝卜做青红丝的，那是只能看，味道却全无。广式点心和京式点心的馅儿都离不开青红丝，腊八粥好像也离不开，一是颜色好，二是给舌头点快感。说实话青红丝也只能给舌头去领略，你要是用鼻子去闻，那真是没什么好闻。当年，母亲做糕馅儿一定会放些青红丝，端午节吃凉糕，上边也要撒一些青红丝。小时候我不怎么爱青红丝的那股味儿，总是用筷子把它——挑掉。月饼馅儿里有那么点青红丝我也会一点一点把它们抠出来，父亲看我在那里往出抠青红丝，会很不满地说两个字："——糟践!"

佛手的香很怪，说它清，它又浓，说它浓，它又很清，你用足了心思去闻，是越闻越没有，你不用心去闻，它会一股一股地往你鼻子里钻。那年在太谷天宁大寺，我坐在寺院西边的方丈室里，鼻子里忽然闻到了异香，仔细找找，是一枚小小的娇黄的佛手，端端供在一个豆青的小瓷盘子里，那小盘子就放在窗台上，可真正是一幅绝好的山窗清供图。以佛手做清供，最好能与豆青瓷或德化白瓷相配，才会显出佛手的娇黄好看。如不用瓷，用玻璃盘也对路，我常用家藏一只一尺三寸大北魏天青乳钉玻璃洗放四五个佛手，人人看了都说好。现在想想，倒是很想念那个北魏天青玻璃洗，那么大的北魏玻璃器现在已经很少能让人见到，虽然那只洗已有大裂，但尚不缺肉，现在再想一见，简直如同隔世!《红楼梦》一书写到探春的屋子里供了一大盘黄澄澄的佛手，我以为那实在是太多了，佛手也只好供一只两只最多也就三五只，太多，味道太冲，会把人香得不知南北！佛手的香有清冷之气在里边，所以让人觉着好，你要是没闻过佛手的香，你大可以去水果店把鼻子放在橘子堆上领略一下，就那么个味儿，差不多。佛手之所以好，一是香，二是形好，它那样子，天生就是要人供在那里。每年的年末，我都要买几只佛手做清供，找一只好看的白德化瓷盘，把佛手端端地放在那里，不能总是用手动它，也不要让别人动它，佛手最怕喝了酒的人去用鼻子闻，用酒气一哈，佛手很快就会坏掉。我一直想查一下佛手真正的学名叫什么，但查不到。佛手像佛的手吗？像是有那么点意思。但我想佛要是真伸出这样一只手来，肯定会把人吓一跳！

佛手很香，但佛手的香是清寒苦涩，这可以和桂花的香对比一下，桂花的香是热香，热烘烘的，感觉是一大片一大片，而佛手的香是冷香，是一股一股。香还有冷热之分吗？怎么会没有！水仙、梅花、佛手的香统属冷香，而桂花、玫瑰，玉兰之属却是热，越热越香，闹哄哄的，那香是扑着你过来，而佛手的香是要你用鼻子去细细寻找。

"岁朝清供"——梅花、水仙、佛手再加上松枝，格调要比其他插花高。但岁朝清供未必就非得这四位出场，常见冯其庸先生在案头放两三枚朱红老黄的大倭瓜做清供，更显得大气而与众不同，也更好看。有一次冯先生让我上楼看他的一枚很大很大的朱红老黄的倭瓜，那个瓜可真大，足有小磨盘那么大，简直吓我一跳！当时我在心里想，这瓜要是煮粥，没有一个连的人是吃不完的。还有，娇黄的老玉米，放在豆青的盘子里也很好看。还有，年头岁尾，乡下人把快要干枯掉的老葱栽在盆子里，隔几天浇点水，隔几天浇点水，用不了多久便会长出颜色特别娇气的羊角葱来，羊角葱炒鸡蛋可真香！

说到吃，佛手可以煮粥，味道怎么说，有人喜欢，有人不喜欢。世上的事其实都是这样，你说好，有人必定会说不好，你说不好，有人必定会说好。有人送拗相公王安石一方上好的端砚，王安石本不愿受此一礼，说这端砚有什么好？送礼者说这砚好在只要用嘴一哈气就可以哈出水来。王安石说："就是哈出一担水又有何用！"这真是拗得好！

我个人还是喜欢佛手，每年过年，要是案头没了佛手，就像是少了什么。来了客人，我还会问人家：喝了酒没？喝了酒没？喝了酒就别往佛手跟前凑！

阳春面与炒饭

人活着第一件大麻烦事就是要不停地吃，这是生命交给每个人必须完成的任务。枚乘在他的《七发》里写了许多有关吃的心得，让人觉着可怕，其重要的结论就是不要吃得太过分。过分就是对自己的一种伤害，而每天都要在厨间待一两个小时却也是一种浪费。为了节省时间，我常常是弄一碗面来对付自己的肚子。中国的面食之多，从北方到南方，真可以写一本大书。我常记着南京鸡鸣寺的那碗素面，碗不能说很大，但绝不能说小，器不能说细，却粗到恰好。面上是黑白二色的双冬盖浇，一边吃面一边看窗外的九华山，真是惬意。

吃面条，要面是面汤是汤，才能说是吃口清爽，但要说清爽，唯数阳春面。

有一次在古平城华严寺，信步走到寺院里的膳堂后边，看到一个年轻和尚在那里擀面条，旁边是很大的锅，切好的面好像是大把大把的流苏给下到锅里，便觉得那面一定好吃。吃饭分两种，一种是只为了填肚子，一种是要享受吃的快感。又一次去临沂，点完菜，再点主食的时候，我点了阳春面，想不到临沂的菜量给得很足，盘子也大，几道菜吃下来人已经饱了，但每人一份的阳春面端上来，硬是不能让人拒绝。这是真正的阳春面，一清到底，面当然是白的，上边飘一些碎葱花儿，是那种小细葱，南方人叫香葱的是也，碧绿而碎。这一碗阳春面给人的印象很深刻，面条是手工拉的，占碗的三分之一，汤很宽，占碗的三分之二。虽然已经吃得很饱，但我们还是把阳春面吃掉。而到了扬州，吃中饭的时候我又要了一碗阳春面，我想比较一下。但这碗阳春面端上来，碗大了一些，汤和面的比例说得过去，但美中不足的是汤上浮了一层切成小丁儿的西红柿。这碗面便一下子输给临沂。阳春面是主题明确的面食，汤、面、葱花三者而已。面是中国人饮馔中的主角，一碗面在手，饭菜都在里边，还有汤。北京人爱吃炸酱面，那年随朋友去北京沙城，在她的亲戚家里吃到最好的炸酱面。因为是回民，那次吃炸酱面是羊肉炸酱，配着切成细丝的北京大白菜和切成碎丁儿的芹菜，其味之美至今犹不敢忘怀。而时下饭店里的北京炸酱面却让人不敢恭维，各种菜码一拥而上，是生旦净末丑齐来，貌似丰富，而实际上却是量大而不美，不好吃。老舍茶馆的炸酱面，便是这种风格。还有一上楼并列在一起的齐白石老先生的雕像与雷锋的雕像，让人说不出滋味，老舍先生如果活着，不知会不会同意。这茶馆，与老舍简直是一点点关系都没有。

在扬州，从瘦西湖出来，忽然想到了蛋炒饭。扬州蛋炒饭简直是大名鼎鼎。及至端上来，每人一份儿。是一碗炒饭加一小碗汤。蛋炒饭松松散散黄白相间，十分干净相，是正宗的"金镶银"。金是炒成碎花儿的蛋，银是一粒一粒的米饭。这一碗蛋炒饭，就着那一小碗汤，让人吃得很是高兴。蛋炒饭口味淡淡的，汤却稍重一些，两者相得益彰。

走出那家饭店，想到其他地方的蛋炒饭，里边又是绿色的豆粒，又是黄色的胡萝卜丁儿，或者，还有豆

190

芽。什么叫过分？这就是过分。扬州的蛋炒饭，名不虚传。从南京坐车到扬州，吃这么一碗蛋炒饭，也算是快事一桩。在扬州，还想去扬州的澡堂里去泡泡澡，我现在很怀念那种大澡堂，许多的人都静静地泡在里边，人人都很平等，是真正的赤诚相见。但现在这种澡堂很少了。扬州的澡堂和炒饭一样有名。蛋炒饭是每人一份儿，而澡堂却是公共的。

阳春面和蛋炒饭虽然普通，却不是人人都能做得很好，要的就是简单出彩。

简单而出彩容易吗？太不容易！

茶叶馅儿饺子

有句话是"好活不如倒着，好吃不如饺子。"

南方人好像不怎么看重饺子，但在北方，一年四季大节小节几乎都离不开饺子，来了客人，动辄要包顿饺子，不这么做好像对不起谁。在中国，有两种食品最重要，一是糕，二就是饺子，南方人吃年糕，北方人吃炸糕，概取一个糕字，糕——"高"也。但饺子与糕不同，糕是红事白事都要一哄而上地吃，而饺子过白事则不见有人张罗。包饺子是要大家一齐来，我的父亲从来都不下厨房，但包饺子他要参加。东北包饺子褶多，中看却不中吃，山西的饺子没褶儿，是用手挤，一挤一个，一挤一个，不好看，但好吃。有一种麦穗儿饺子，饺子的边可不就像个麦穗儿，好看，但不好吃。还有一种盒子样的饺子，边儿也很厚，我也不爱吃，常把那个边儿留下。《金瓶梅》一书多处写到吃饺子，蒸饺和煮饺。而《红楼梦》一书却不见有此描写，不少学者说《金瓶梅》的作者是北方人，像是多少有些道理。而曹雪芹也算是北方人，在《红楼梦》一书中却疏漏了饺子。也许是他不喜欢吃饺子也说不定。我母亲喜欢吃干菜馅儿饺子，每年都要包一次，干菜泡好，剁碎，放点虾米皮在里边，味道很是特殊，现在想吃这种饺子还不太好办，所以，令人想念。

在天津石家大院东边那家门口有两门大炮的饭店吃过一次饺子，这是家饺子店，专卖饺子。饺子既多，当然要各样都点一些，居然还有龙井馅儿饺子，据说此饺是京剧名伶裘盛荣首创，裘盛荣为人可爱，一是他爱踢足球，二是他爱喝龙井。我看过他的一张黑白照片，当然不是什么剧照，是踢足球的照片，人瘦瘦的，一手叉腰，一脚踩着足球。他爱喝龙井茶，爱到什么份儿上？爱到非要用龙井茶包饺子。

我个人吃饺子的习惯是只吃饺子，最好不要来什么菜，光吃饺子，饺子才香！吃完饺子不要忙着喝茶，来碗饺子汤恰好！饺子好，好就好在它不但是饭而且似乎还可以当作一道菜，所以有人以饺子就酒，北方有句话，听着就让人高兴——"饺子就酒，越吃越有！"我以为饺子是中国人最最出色的发明之一，是既有菜又有饭，一盘饺子端上来，什么都齐了。我和好朋友去饺子馆吃饺子，他们都听我的，只点饺子，不点别的菜，各种馅儿饺子我最爱吃牛肉芹菜、羊肉胡萝卜，茴香馅儿也不错，还有香菜馅儿、韭菜馅儿香，但吃过后要细细剔牙漱口，你要是和别人说话，牙齿上粘两枚韭菜叶就不怎么好看！素馅儿饺子也好，韭菜鸡蛋馅儿别说吃，光看颜色就好，西葫芦羊肉馅儿的饺子最好在六月吃，鲜美不可比方。我常常认为，吃饭要得食趣，饺子就酒就大得食趣，吃毛家红烧肉喝酒要大口大口地喝，一块红烧肉一大口烧酒，而饺子就酒却要小口小口嘬，一只饺子搁碗里夹两半，半个饺子就一小口酒，再半个饺子，再慢慢嘬一小口酒，还误不了说话，朋友在一起喝酒，光吃有什么意思！但光说话也没意思，还必须要吃，吃而又不能完全让菜把嘴给占住。饺子就酒就有这个好处，但你最好要吩咐一下跑堂小二，饺子不要上得

194

太快，最好是，吃完一盘再上一盘，不要乱了阵脚。

　　从小到大吃饺子，总还记着母亲父亲在那里包饺子，我一觉醒来，灯下的饺子还没有包完，包好的饺子白花花地都放在那里，这是要过年了，饺子包好，端出去冻了，吃的时候往锅里一下就行。中国人过年就是要享受，不但人要享受，连院子里的那口水井都要享受一下，休息一下，一到大年初一，井就要封了，它也要休息一下，要用的水都在年前担好了。

　　我从没吃过茶叶馅儿的饺子，在天津特地点了一盘，却始终没吃出什么味儿来。茶叶馅儿饺子好不好？只能说它别有一味！但远不如我母亲的干菜饺子好。龙井茶和肉馅儿搅在一起真是岂有此理！不但茶叶馅儿饺子不怎么样，那年我在杭州吃龙井虾仁，别人连声赞好，我却觉得不怎么样！茶这种东西，我以为最好不要入馔！还有近几年兴起的绿茶月饼，朋友送我要我吃，我感觉不好，朋友说谁谁谁都在说好你怎么说不好！妈的！我说吃东西是要你自己说好才算，道理简单，嘴是长在你自己的脸上！

糖干炉与黄烧饼

　　我比较喜欢北京的小吃，每次在北京小住都要抓紧时间喝豆汁吃麻豆腐，麻豆腐一定要羊油的那种，味道才厚重好吃，吃麻豆腐最好要喝一点点北京二锅头，外边再下那么一点小雨，对面有一个与你有同好的好朋友，简单一句话，北方菜一般来讲合适配烧酒之类的醇酒。如吃川菜，能够压得住那个阵的，还必须要五粮液茅台来出面场面才能稳定。我个人是汾酒主义，三大名酒，茅台五粮液汾酒，我是首选汾酒，汾酒入口醇烈，往往令人精神为之一振！西凤也颇获我心，还有河北的衡水老白干，六十七度的最佳！是立竿见影的酒！一口下去，全身都有感觉！北京的小吃中，炒肝儿，卤煮火烧，煎灌肠，驴打滚没有我不喜欢的。我在饮食上是民间的，不大讲究排场，但要对胃口，比如我现在在家里经常做给自己吃的一道菜就是干烧大肠，大蒜、大葱段、极辣的辣椒，大火猛炒，极能开人胃口，要的就是大肠那股子特殊的味道。我去上海，朋友说要请我吃一道很好的上海本邦菜"草头圈子"，说是恐怕我不喜欢，及至端上来，不禁令人大喜，什么草头圈子，是大肠啊！只是做的太"儒雅"了些，装盘功夫好，但味道远不如我自己做的那么刺激人！

北京小吃中有一道点心是豆馅儿烧饼，外皮焦脆，内里却松软好吃。在北京吃早点如不吃豆汁，早上则可以点一碗豆腐脑，再来两个豆馅儿烧饼，就一小碟乌黑的"棺材板"老咸菜足矣。说到饼，全国各地到处都有，而在山西北部，怀仁的糖干炉和灵丘的黄烧饼则十分好。糖干炉是中空的饼子，烙制这种饼子必须要是红糖才好，红糖和白糖不一样，红糖有股子特殊的甜味。糖干炉是要烘烤，要两面鼓起，用手一拍即碎，吃的时候要就着一个盘子，要不碎渣会掉满地。糖干炉是怀仁的名品，我的朋友张存平上次从怀仁携一盒过来，我细细地吃了好久。我想现在的饮食这么丰富，只糖干炉这一小吃，为什么还能如此让人怀念，味道为什么还能如此醇厚，可能是用料上绝不与其他饼相雷同，首先是胡麻油，在南方，很少有人说到吃胡麻油，也不可能有，南方所说的麻油是香油，而胡麻油的特殊香气非其他油类可以替代。做月饼，晋北和内蒙古一带的红糖月饼便一定离不开胡麻油，用别的油做出来的味道就不是那个味儿！糖干炉之所以能久吃久好，道理所在就是它的用料。为了健康，有人主张吃低糖食品，把本来很甜的东西做得没一点点甜味，我个人反对这种做法，你的健康不允许你吃甜的，你大可以不吃，糖干炉如果不甜还叫什么糖干炉！还有就是灵丘的黄烧饼，如在中原一带，或再往南，说到烧饼一定是厚实，厚墩墩像个小鼓才行。而灵丘的黄烧饼是薄，薄薄的，且又十分脆，黄汪汪的，吃的时候也一定也要接个盘子才好，最好的吃法是，先在盘子里把饼切成小一块儿一小块儿，然后再吃。吃早点，两个薄薄的黄烧饼，一碗小米粥就蛮好。黄烧饼的特点也是甜，慢慢地吃，慢慢地嚼，那种特殊的油香渐渐从齿间逸出。黄烧饼不是烤制食品，是烙制，上口酥香；糖干炉则是耐嚼。这两种饼都是要以品的功夫去对待，如若风卷残云般地吃，是不得要领。饮食不光是为了填饱肚子，更重要的是要你慢慢去领略。糖干炉和黄烧饼从什么时候开始有？有心者可以访耄耋于乡野，查资料于野史稗抄。说到保护民间文化，我以为，饮食方面还没有引起更多的注意。我们经常说到"改进"二字，其实，许多东西并不需要改进，而是要死死地固守才是。多少年来，我们是改进的太多而固守的太少。在民间文化日渐消磨的今天，你才会知道固守是多么不容易。

石涛说过一句话，笔墨要当随时代。这是他的主张，而我的主张是笔墨不必当随时代！有当随时代的改进，有不随时代的固守，这样才会全面好看！民间的糖干炉与黄烧饼我认为不必改进，就要那个味道！你爱吃就去吃，不爱吃可以去吃比萨或海鲜馅饼！这是艺术法则，也是生活法则！唯此，生活才丰富！

臭鳜鱼

　　我是北方人，北方没有鲈鳜二鱼，我却从小就靠诗文硬是记住了这两种鱼。文学作品的力量真是大，张志和的一首《渔歌子》，范仲淹的一首《江上渔者》让这两种鱼出尽了风头。一是这种鱼本来就好，肉质美，二是诗人的诗里写到了它，所以时至今日人们到了餐馆还是要首选它们下箸。鳜鱼和鲈鱼的肉都是蒜瓣儿肉，我喜欢这种鱼肉的弹性，用现在的话说是吃起来有几分弹牙。鳗鱼和鳝鱼我都不太喜欢，嫌其肉太软、太嫩，嫩到有几分像水豆腐，用筷子几乎夹持不起，而鳜鱼和鲈鱼的鱼肉却让筷子有用武的机会。这可能与我个人的喜好有关系，我喜欢吃硬一些的东西，腊肉、腊肠、风鸡和腊鱼都是我之所爱。比如我的家乡菜"鲇鱼炖茄子"，就不能让我有一点点喜欢，无论你怎么说它好，我宁肯不吃。吃鱼，当然要鲜要味道好，但我个人还要求它能有弹性，但黑鱼的弹性够而我又嫌其腥味太重。淡水鱼加上海水鱼，谁也不好一下子能够说出它们有多少种，但名气大得了不得的也就那么几种，鳜鱼、鲈鱼还有河豚原是给古代的诗歌做了上千年的广告，一路从中国文学史里游来，岂能不美！还有就是武昌鱼，更是由于毛泽东的诗歌的广为流传而名气大得压过了其他鱼！武昌鱼好不好？到了武汉，你岂能不吃武昌鱼。都说武昌鱼要清蒸了好，而东湖周遭的餐馆里偏偏要红焖，而且要餐前预定才可以吃到嘴。东湖旁边的"楚天庐"饭店"红焖武昌鱼"据说做得最好，味道厚，筷子所向，肉骨一时俱苏，以其佐"黄鹤楼"酒，不错！但我却以为这道"红焖武昌鱼"味道虽厚却多少有失本味，远不如清蒸来得好。武昌鱼学名叫团头鲂，当地人们也叫它"团头"或"团头鲂"。毛泽东的诗歌一行于世，"才饮长沙水，又食武昌鱼"，人们便只知有武昌鱼而不知团头鲂了。这两句诗的本意是"才在长沙喝过茶，又来武昌吃了鱼"。而人们从此宁可把团头鲂叫了"武昌鱼"。毛泽东的诗作一时使团头鲂的身价百倍！那几年，武昌鱼身价不菲，在北方，过年能吃上几尾冰冻的武昌鱼实属不易。而武昌鱼又怎么比得过鳜鲈二鱼。武昌鱼虽然比不上鳜鲈二鱼，但因为它的体形扁，入厨烹制一是能顷刻煎透，二是能浸浸然入味，即使是清蒸，也要比别的鱼熟得快，清蒸鱼不亦久蒸，时间短，才会保其鲜嫩。这便是体扁且阔的武昌鱼的好处所在。诗文的广告作用真正是不能让人小瞧，鳜鱼、鲈鱼、河豚和武昌鱼都是从诗文里游来的鱼，平平仄仄的鲜美可想而知。今年年初从西塞山经过，心里便起一阵激动，想起了张志和的那首优美的《渔歌子》，从车窗里朝外看了一眼那远远的西塞山，竟与想象中的大不一样，便不敢再看，怕乱了读《渔歌子》时留下的美好记忆。"西塞山前白鹭飞，桃花流水鳜鱼肥。"现实中的西塞山毕竟太小，也许，张志和写的西塞山不是眼前那江边块垒？

在武汉吃鱼，吃到了别处吃不到的臭鳜鱼，一看菜谱，眼睛便为之一亮。臭鳜鱼好吃不好吃？说好也许不对，是特别，味如油炸臭豆腐，夹一筷子，味觉大受刺激，同桌的梁女士捏了鼻子说什么也不吃。我是爱吃臭豆腐的，喝酒的时候有油炸臭干便必点一盘上来，小四方的油炸臭干，佐以一小碟儿红红绿绿的剁椒，怎么你都不能说它不是美味。臭鳜鱼味如臭干却香，有创意。好不好？好。好在何处？好在味道在香臭之间，说它臭却香，说它香却臭，世上的事便如此，是丰富，是永远也说不清。

吃豆腐

　　研究俚语是一件很有意思的事，我至今不明白上海一带为什么把喜欢占女人便宜叫作"吃豆腐"。此话怎样由来？恐怕上海的朋友也说不清楚。虽然说不清楚，但我个人，至今还是喜欢吃用豆类做的豆腐，豆腐无疑是中国人最伟大的发明之一，好吃，好消化，而且又极富营养。大病初愈，在饮食上这不行那不行，来块豆腐，想必连最有经验和最负责任的大夫都不会有意见。读丰子恺先生缘缘堂散文，其中有一篇写他的冬日生活，说他坐在火炉子边上，在炉子上坐一个锅，把水烧开，在水里热一块豆腐，豆腐热好后蘸酱油食之，而且还给围在身边的儿女你夹一块我夹一块。丰子恺缘缘堂的日子过得真是朴素而滋味绵长，有老百姓"白菜豆腐"般的清平，豆腐是清平生活的必备之物。我个人吃豆腐极喜欢吃豆腐的原味，比如香椿拌豆腐，这道菜之所以好是让你知道春天来了，再就是小葱拌豆腐，这两道菜无论出现在哪里，总是会受到普遍的欢迎。传统的酿豆腐我倒不太喜欢，这道菜式南北都有，做法大致差不多，豆腐切大块儿挖空，把肉馅儿塞到里边上笼蒸或者是下锅油煎，我不喜欢这道菜，是嫌其太倒腾，太倒腾的菜我都不太喜欢，比如那年在北京吃"红楼宴"其中的那一道茄鲞，一个小碟，小碟里一小撮儿菜，两口不够，一口又多。味道好不好？完全不得要领，不得要领能说好吗？小说是小说，小说里写得津津有味的东西吃起来未必就一定好。后来在扬州又吃了一次"红楼宴"，场面真是好，《红楼梦》中十二钗一一出场，陪我们坐那一桌的是宝钗，穿着古装，脸盘稍见丰肥，倒不离《红楼梦》的谱儿，但"红楼宴"的菜一道一道端上来，只其中那道茄子做的茄鲞，依然是不见茄子真面目。好不好？真还不敢赞一个好字。我以为，饮食之道，最最要紧的是要吃其原味，你把鱼做成了虾的味道，或把虾做成了鱼的味道，我认为都是无理取闹。豆腐就是豆腐，我们要吃的就是豆腐味!

　　读汪曾祺的散文,什么篇目记不清了,里边也说到豆腐,说某地的豆腐真是结实,你去买豆腐,好家伙,卖豆腐的可以把豆腐挂在秤钩上称给你!我没吃过这种豆腐,我以为豆腐还是要软嫩一些的好。大同的豆腐软硬居中,卖豆腐的一般都会把豆腐养在水里,大同人买豆腐只用一个字——"捞"。"干什么去?""捞豆腐去。"可见这豆腐是放在水里!到河南,豆腐一般都放在屉子里,用湿布子苫着,要多大,当场给你用刀现划。豆腐中最嫩的应该是老豆腐,汉语真是不好解,往往给老外出难题,豆腐脑最嫩却偏偏叫它老豆腐!吃遍天下的豆腐,我以为日本豆腐最不好吃,嫩到像果冻,全部用塑料膜包装了,到饭店吃饭,谁点日本豆腐我反对谁!我还是喜欢吃我们中国豆腐,老浆和石膏点的都好,石膏点的有股子特殊味,大同这边的食客们好像是不太接受,但我反而喜欢。有句话是爱屋及乌,因为喜欢豆腐,我有时候突然会想到吃豆腐渣。豆腐渣可以到处要到,不必花钱,用一片圆白菜叶子托回来就是,做的时候猪油要多放,葱花儿也要多放,最好是猛火大

206

炒，好吃不好吃，吃到嘴里粗粗拉拉却别有滋味。我母亲当年经常给我们炒这道菜，炒豆腐渣最好就着玉米面窝头吃。对我而言，炒豆腐渣就玉米面窝头，动辄让人起怀旧之情。

　　有一次吃饭，朋友们突然争论起来，争论先有豆腐还是先有豆腐干。这争论几近无聊，我向来不参加此种讨论。但豆腐干的好吃是不用争的，我的道理是之所以说豆腐干好，是它可以佐茶，一边喝茶一边吃，所以南方才有茶干，你用一碟猪头肉佐茶可以不可以？可以吗？在苏州吃豆腐干的时候，我突然很想念我大同的豆腐干，在大同，最好的豆腐干好像是非广灵豆腐干莫属，其结实耐嚼正好用来喝茶，而且没别的杂味，不像苏州茶干入口既甜且咸倒没了豆类的清香。广灵的豆腐干就好在满口豆香！其结实细致的程度也为其他豆腐干无法相比，一小条广灵豆腐干如碰到好刀工，可以切一百多丝。以其做扬州大煮干丝我想会更好，可以久煮，所以更能入味。

　　我现在所担心的一件事是，很怕韩国把豆腐的发明权也拿去申报非文化遗产，说是他们祖宗的发明，韩国人好像根本就不怕别人说他们有错认祖宗之嫌。但韩国民间还好，我在韩国小酒馆坐在那里吃泡菜豆腐锅喝清酒，他们问我这泡菜豆腐锅好不好，泡菜好不好？我说好！你们的泡菜真好！可以说好到天下第一！他们马上就高兴起来，但我又对他们说，不过，你们的泡菜再好，这里边的主角儿豆腐可是我们中国人的发明！

其实，他们的泡菜也未必就好。说到好，四川泡菜更加丰富，口味也更加适合我，一碟四川泡菜我可以吃两碗米饭！

茄 子

现在很少可以见到那种半截是泥的缸炉了，那炉子的下半截是黑釉的缸，上半截是用泥墁好刷白的另半截儿。这种炉只有一个灶眼儿，只供夏天在院子里使用，炉上往往还张着一个白布蓬，夏天一过，这半泥半缸的炉就会收拾起来，天要凉了。

忽然想起这种泥炉是因为忽然想起烧茄子了，烧茄子的味道可真美，要加大量的新蒜，新蒜不那么辣，却很鲜，把修长的茄子放弱火上烤，"卟卟卟卟"翻一个过儿，"卟卟卟卟"再翻一个过儿，还"卟卟卟卟"，最后是"汽汽汽汽"，茄子就差不多烤好了。茄子烤好，扔凉水盆里，然后要手脚利索地剥皮，外边的一层焦皮当然要剥掉，里边的茄肉黄黄的，还带几分娇绿，用竹刀划过，加新蒜的蒜泥，加好酱油，淋纯正的好麻油，味道殊绝。以前的夏天里，似乎总是能吃到几次烧茄子，现在家家是煤气炉，想拖几只茄子来烤烤吃，真是难办。

烧茄子最好用修长的那种，易熟。硕大的圆茄子圆不溜丢像皮球，外边烤焦了里边还未必肯熟。我一直以为这种圆不溜丢的茄子是新品种，以为那种长茄子才是我们本土的品种，因为我从小吃的茄子都是长的，及至看到了宋人的《蔬果图》，才知道那种圆不溜丢的茄子在宋代已经有了。

茄子似乎是怎么吃都好的蔬菜，蒸熟了，用手撕撕蘸三合油，很香。切片夹羊肉馅炸茄子盒儿，味道也真好。秋风一起，百木凋零，压韭茄子是一道美味。小茄子上笼蒸熟，一切两半，喷酒，放案板上压迫它，直把它肚子里的苦水滴滴沥沥都压出来，然后把碎蒜和芫荽末子和盐一层一层地洒上去，一层茄子一层芫荽和盐，再一层茄子再一层芫荽和盐，都把它们好好儿码在小缸里，不可太咸，随吃随取，味道他物难以替代。山西和河北交界的地方有一个小阳原县，是出好茄子的地方，那里的茄子长得细溜长，高个儿的人，把身子挺直，手拎一只茄子，茄子尖儿会挨着地，有一尺半长，举起来打人，"叭嚓"一声会从中间脆断，真是好茄子，别的茄子会吗？

茄子的颜色和形状与其他蔬菜大不同。画茄子的画家大有人在，但那紫亮亮的颜色还真不好调兑，所以，画茄子画得好的画家真还不多。齐白石老先生的小水萝卜画得真好，西洋红和胭脂兑开了，用笔在纸上那么一顿一顿，然后一拖，就是个萝卜。而茄子却让人作难，光不溜丢，没有根须，像太监的下巴。颜色也难调。茄子不好画，但好吃。

煤气炉可不可以烧茄子？也可以，但不是那个味儿。

毛　豆

　　吃烧毛豆有时会有火中取栗的危险。把烧得枝叶全无黑乎乎的毛豆秧子从火里拉出来，也许就会"噼"的一声，有一个豆荚炸开，但里边蹦出来的绝不会是童话中的豆荚王子，而是一粒滚烫的豆粒儿，如果凑巧蹦到眼睛里，那后果真不堪设想。

　　鲜毛豆下来得好像要比嫩玉米迟，大概是街上的嫩玉米卖过一两个星期后，卖毛豆的就来了，三株四株绑一捆，叶子经过摘打，枝上满是毛豆角。我的母亲，真喜欢吃这种东西，嫩玉米、毛豆角、嫩高粱。许多菜也是生着来吃，洋白菜、莴苣叶子，更奇怪的是小茄子也蘸了酱来吃。我不知道东北人是否有生吃许多蔬菜的习惯。蒸黄米面的糕，也与山西大异其趣，凉水和面，然后捏窝头，放笼里蒸好，然后火速地把烫手的黄米面窝头一一从笼里取出用力摔到盆里，如果摔个正好，会发出极脆亮的响声："卟儿——"就像我们玩胶泥碗。红胶泥捏碗，把眼儿对着地使劲一摔，像放小鞭："卟儿——"

我母亲给我煮毛豆，不是把豆角一角一角摘下煮，而是整株秧子塞锅里，煮熟了入微盐，剥着吃。碧绿的，又嫩又鲜，有时会剥出个给煮死的小小白白胖胖的虫子来，像睡着了。

毛豆既不能当菜就饭吃，也没听过用此物下酒，整整的一大株又一大株也不宜放上食桌。如食桌上堆老大一堆，全家围上吃，冷不丁有人进来，准会以为是在开家庭植物学术讨论会！我没见过我的父亲用毛豆下酒，用煮熟的大蚕豆我见过。大蚕豆直煮得鼓胀裂开，入小茴香，一粒一粒剥着下老酒。毛豆似乎就是用来吃着玩的，一人手里擎一大株，猴儿似的用手摘上边的豆荚儿，虽说是吃，却又像是在干一种农活。真好玩。

我到地里去把偷摘来的毛豆烧上吃的时候，就常常想是否该把烧熟的毛豆给母亲带些回去，但吃烧毛豆真不是回事，手、嘴、两颊都会给弄黑。可烧毛豆真香，大凡在野外烧熟吃的东西似乎都很香，很有风味。有一次，我和两个同学在野外烧毛豆，那姓周的女同学，从尚未全熄的火堆里抽出一株，"噼"的一声，有一粒豆子就热烈地蹦出来准确地落在她的衣领里，烫得她又蹦又跳，逗得我和另一个同学又喊又笑。然后是公推我从火堆里往出拉豆角秧子，道理只有一个，因为我戴着眼镜，是"二饼子"。

在四川，我吃了两道北方吃不到的菜。一道是"蜘蛛抱蛋"，牛肉末子，放油锅里煸，煸变了色，划散再炒，炒八成熟入川椒与大红辣椒，然后是把极嫩的玉米粒倾在锅里炒，味道说不出的好。另一道菜还是"蜘蛛抱蛋"，只不过这回的蛋是毛豆，要极嫩的毛豆，下锅转一圈，再转一圈就出锅，味道鲜美异常，不可思议。

这是我第一次知道毛豆能做菜。四川人真是会吃。

我们每年必有的一次野餐是给父亲扫墓的时候。

瓜要有不用说，必有的鲜物还要有嫩玉米、嫩高粱穗、嫩毛豆。但在野外吃毛豆远没家里好，问题是那毛豆是早煮熟的，已经凉了，没了那烫手而还要不停地去摘的乐趣。而得以跟这一次次野餐同餐其味的是穴居于墓侧的蚂蚁们，把我们吃剩的毛豆一粒粒拖回洞去。其他地方的蚂蚁岂有这种口福。

跋

　　已是深夜，外边下起了雪，雪不大，是若有若无。因为前几天已经立春了，这便是春雪。

　　三本一套的《黍庵集》被北岳文艺出版社的朋友"集腋成裘"般慢慢成就在一起，在这深夜让人感到温暖。这些极散碎的文字，先是在《光明日报》《北京晚报》《羊城晚报》《今晚报》《文艺报》《文学报》《钟山》《上海文学》《长城》《散文》诸刊物上断断续续发表，尔后，便有了这三本。在这三本一套的散文集将要出版之际，原是要说些感谢的话，而一时又不知从何说起，客套话原是对陌生人说的，对多年的老友如果认真说起，倒像是在说什么鬼话，虽不说，日后也是要用茶酒来致谢的。虽然我近年来渐渐不胜酒力，喝茶却还可以。小说与散文，我原是喜欢散文的，因为我本是散文式的人，行止喜乐，均以适意为第一要义。

这套书的出版，还要感谢我的山东朋友宋以柱，花费了许多的时日帮助整理这些散碎的文字，并且写了校勘记，而原先准备要出薄薄的十多本的计划一旦改变，他的校勘记也只能用在日后的书里。

外边下着雪，希望这雪下得再大些，纷纷的，能给人更多的喜悦才好。

丁酉年立春后三日于大同